ullstein

Tarkan Bagci

Die Erfindung des Dosenöffners

Roman

Ullstein

Besuchen Sie uns im Internet:
www.ullstein.de

3. Auflage 2021

ISBN 978-3-86493-134-5

Originalausgabe im Ullstein Paperback
© Ullstein Buchverlage GmbH, Berlin 2021
Umschlaggestaltung: ZERO Media GmbH – Simone Mellar
Titelabbildung: © FinePic®, München
Satz: Pinkuin Satz und Datentechnik, Berlin
Gesetzt aus der Quadraat
Druck und Bindearbeiten: GGP Media GmbH, Pößneck
Printed in Germany

I

Ein aufrechter Gang führt bloß vor die Hunde. Ich wollte dem Obdachlosen meinen Gedanken aufmunternd zurufen, aber er sah nicht so aus, als würde er sich dafür interessieren. Er saß in der Gosse, als wäre sie ein Logenplatz, und wühlte beschäftigt in einer weggeworfenen Zeitung. War es unsere Zeitung? Ich lehnte mich aus dem Fenster, um besser sehen zu können. Es war tatsächlich eine Ausgabe des Westfälischen Kuriers. Vielleicht las er sogar gerade einen meiner Artikel. Ich lehnte mich wieder zurück und zog noch einmal so kräftig an meiner Zigarette, dass es knisterte.

Ich stand jetzt seit einer halben Stunde im Archiv herum und hatte bereits so viele Kippen geraucht, dass ich keine Angst mehr vor Lungenkrebs haben musste, weil selbst mein potenzieller Lungenkrebs wahrscheinlich schon an Lungenkrebs gestorben war. Ich hatte die gesamte Luft im Archiv verqualmt, das offene Fenster half nicht viel. Genau deswegen war Rauchen in der Redaktion eigentlich verboten. An den Wänden stapelten sich alte Zeitungsausgaben, die auf mich herabblickten. In einer Ecke stand ein Drucker, der so alt war, dass er Gutenberg wahrscheinlich persönlich kannte. Ich horchte in den Flur, ob jemand kam, aber es gab nicht viel zu hören. Nur das Glucksen der Kaffeemaschine. Unsere fleißigste Mitarbeiterin, dachte ich.

Meine Zigarette war fast bis zum Filter heruntergebrannt, und ich tastete nach der Schachtel, um nachzuladen, ließ es dann aber sein. Ich konnte mich nicht noch länger davor drücken, meinen Artikel über den örtlichen Geflügelzüchterverein zu Ende zu schreiben. Die Redaktion wollte unbedingt siebzig Zeilen haben. Aber ich wusste wirklich nicht, was ich siebzig Zeilen lang über Johannes Bichler und seine Hühner schreiben sollte. Da gab es absolut nichts Berichtenswertes. Johannes Bichler züchtete die Dinger halt. In einem Verein. Ende. Wenn Johannes Bichler heute starb und all seine Hühner mit ihm, würde das nichts am Lauf der Geschichte ändern. Es wäre egal. Moses waren die vollständigen moralischen Regeln der menschlichen Existenz gerade mal zehn Zeilen wert gewesen. Johannes Bichler und seine Hühner bekamen siebzig. So viel würde ich nicht einmal zusammen bekommen, wenn ich einen Artikel über mein gesamtes Leben schreiben müsste. Das wären dann maximal zwei:

Timur Aslan (20), geboren mit Ambitionen.
Seitdem ist nicht viel passiert.

Und damit wäre dann auch alles erzählt. Mein Leben war absolut langweilig.

Ich zog den letzten Rest Tabakrauch aus meiner Zigarette und schmiss sie aus dem Fenster. Scheiß Johannes Bichler.

Um auf siebzig Zeilen zu kommen, blieb mir nichts anderes übrig, als silbenlastige Adjektive zu erfinden und mir Beschreibungen aus den Fingern zu saugen, die nichts anderes beschrieben als die leeren Zeilen. Ich hasste das. Es war eine demotivierende, sinnlose Arbeit. Aber so ist Lokaljournalismus eben, dachte ich, Bedeutungslosigkeit auf siebzig Zeilen gestreckt.

Es war nicht so, dass ich meinen Job als Lokaljournalist grundsätzlich nicht ernst nahm oder sogar verachtete. Aber für mich war Lokaljournalismus nur eine Sprosse in meiner langen Karriereleiter. Und Sprossen tritt man nun mal mit Füßen. Zumindest wenn man vorhat aufzusteigen. Ich ließ das Fenster offen und ging rüber in die Redaktion.

Die Redaktion bestand aus ein paar zusammengeschobenen Tischen und drei alten Rechnern. Der traurigste Newsroom der Welt. Die Decken hingen tief wie Galgen, und alles sah irgendwie abgesessen aus. Als hätte sich jemand jahrzehntelang auf jedes einzelne Möbelstück geflätzt und es so lange angepupst, bis alles eingesackt und vergilbt war. Der ganze Raum hatte eine Trägheit, die seinem eigentlichen Sinn komplett entgegenstand.

Walter saß an seiner Ecke des großen, zusammengeschobenen Schreibtisches und blätterte durch die Zeitung. Als er mich sah, schreckte er auf und legte das Blatt schnell beiseite. Das war wohl das analoge Äquivalent zu schnell-seinen-Tab-schließen-und-so-tun-als-würde-man-sich-mit-der-Startseite-von-Google-beschäftigen, wenn ein Kollege auf den Bildschirm schaut. Dabei waren wir in einer Zeitungsredaktion. Das Letzte, was man hier verstecken sollte, war, dass man Zeitung liest.

Ich nickte Walter kurz zu, pflanzte mich an meinen Rechner und ignorierte ihn erfolgreich. Der unfertige Artikel starrte mich eindringlich an. Ich starrte tapfer zurück. Fünfzig Zeilen noch, mal sehen, was sich da machen ließ. Das Wort »Hühner« fiel mir sofort auf. Nur sechs Buchstaben. Da ging noch was. Ich machte »ausgesprochen ansehnliches Gefieder-Exemplar« daraus. Das nächste »Huhn« verwandelte ich in ein »glücklich gackerndes Federvieh«, und aus dem »jährlichen Wettkampf« machte ich »ein sich jedes Jahr wiederholendes Kräftemessen der Hühnerliebhaber«. Nach ein paar gewonnenen Zeilen griff ich zum Handy, um Instagram zu checken. Es ist erstaunlich, wie tief dieser Reflex sitzt, sich sofort mit dem Handy abzulenken, sobald man das Gefühl hat, man hätte auch nur die kleinste Kleinigkeit an Arbeit vollbracht.

Auf Instagram war alles wie immer. Eine Flut lächelnder Gesichter sah mich aus besseren Leben an.

Özlem posierte mit Surfern an einem australischen Strand, und Flo war gerade beim #Studying in der Uni-Bibliothek. Meine Freunde lebten ihr Leben, schöpften ihr Potenzial voll aus. Und ich? Was war mit mir? Ich sah mir mein Leben an. Vor mir saß Walter, die Hände in den Schoß gefaltet, das Kinn auf der Brust. Seine Brillengläser waren so dick mit Staub bedeckt, dass ich nicht sehen konnte, ob seine Augen offen oder geschlossen waren. Schlief er? Das Licht der viel zu alten Deckenlampe hing in der abgestandenen Luft. Selbst die Kaffeemaschine hatte aufgehört zu glucksen – hier war nichts los. Nichts. Ich saß in dieser toten Lokalredaktion fest und schrieb belanglose Artikel über belanglose Menschen in einem belanglosen Kaff. Demselben belanglosen Kaff, in dem ich geboren worden war, in dem ich mein Abitur gemacht hatte. Steinfeld. Einwohner 20 000, davon mindestens die Hälfte Kühe.

Meine Freunde waren alle längst raus aus diesem Kaff. Flo war mittlerweile in Hamburg, Özlem in Australien, alle waren weiter, alle waren besser. Ich musste endlich nachziehen, aber ich hing in der Lokalredaktion fest, klebte an diesem Punkt in meinem Lebenslauf. Ich wechselte von Instagram auf Facebook und suchte nach Benjamin. Benjamin war auf derselben Schule wie ich gewesen, einige Jahrgänge über mir. Er hatte bereits für die ganz Großen geschrieben, taz, SZ, FAZ, und schrieb jetzt vor allem für die Hauptredaktion des Westfälischen Kuriers. Die Hauptredaktion war für den Mantelteil der Zeitung zuständig. Der Mantelteil »ummantelt« den aus Lokalnachrichten bestehenden Kern der Zeitung. Also den Teil, den wir herstellten. Den Teil, in dem es die Artikel über Geflügelzüchter gab und der nur deswegen der »Kern« der Zeitung war, damit man ihn ohne Probleme angewidert rausfischen konnte, wie die Gurken aus einem Cheeseburger.

Die einzigen Menschen, die Lokalzeitung lesen, sind Menschen, die in der Lokalzeitung stehen, und deren peinlich stolze Verwandte, die das gesamte Umfeld anrufen: »Hast du schon gesehen, der Johannes steht mit seinem Geflügelzüchterverein in der Zeitung!« Im Mantelteil hingegen findet man die wirklich wichtigen Nachrichten. Innenpolitik, Außenpolitik, Weltgeschehen. Die Hauptredaktion war nicht das Ende der Leiter, aber definitiv einige Sprossen weiter.

Ich hatte Benjamin damals einfach bei Facebook angeschrieben, erzählt, dass ich mein Abitur machte und danach Journalist werden wollte. Er hatte mich an die Lokalredaktion vermittelt, wo ich seitdem als »freier Journalist« arbeitete, was bedeutete, dass ich nicht wirklich bei der Zeitung angestellt war, sondern nur pro geschriebenem Artikel bezahlt wurde. Außerdem war ich nur die Hälfte der Woche vor Ort in der Redaktion und davon nur die Hälfte wirklich den ganzen Tag. Benjamin sagte, er habe genauso angefangen, und versprach, in kürzester Zeit für mich ein Volontariat in der Hauptredaktion zu klären. In Deutschland ist Journalist keine gesicherte Berufsbezeichnung. Das heißt, anders als bei Ärzten, wo ganz klar geregelt ist, welche Dinge sie machen müssen, um offiziell als Ärzte arbeiten zu dürfen, kann sich jeder Hanswurst Journalist nennen und als solcher arbeiten. So wie ich es gerade tat. Das Volontariat ist das, was einer offiziellen Ausbildung für Journalisten am nächsten kommt. Es war der Schritt, der meine Karriere endlich vernünftig starten würde. Außerdem saß die Hauptredaktion des Westfälischen Anzeigers nicht in Steinfeld, sondern in der benachbarten Großstadt, in einem richtigen Redaktionsgebäude mit mehreren Stockwerken. Das Volontariat würde mich also buchstäblich hier rausholen. Letztes Jahr hatte ich es nicht bekommen, dieses Jahr musste es klappen!

Benjamin hatte sich schon länger nicht mehr zurückgemeldet, und die Volontariate wurden bereits in den nächsten Wochen vergeben. Ich zögerte. Sollte ich Benjamin eine weitere Nachricht schreiben? Oder wirkte das zu drängend, zu verzweifelt? Vielleicht irgendwas Unverbindliches? Ich tippte: »Hey! Wie läufts? Gibts Neuigkeiten zu den Volos?«, und drückte auf Senden.

Walter schmatzte laut, als wäre er gerade aufgewacht. »Sach mal, Timur …«, nuschelte er, »hast du eigentlich schon 'ne Idee für die Rubrik?«

Ich schloss meine Tabs und wechselte zum Artikel.

»Ähm – Rubrik?«, fragte ich.

Walter nahm seine Brille ab, um sie zu putzen. Er war wahrscheinlich erst Anfang vierzig, aber einer von diesen Menschen, die bereits fünfzig Jahre alt sind, wenn sie geboren werden. Seine Lippen hingen von seinem quadratischen Kopf dauerhaft herunter, als wären sie geschmolzen. Er trug ständig beige Westen und sah damit aus wie Angler und Fisch gleichzeitig.

»Na *Unser Dorf – unsere Einwohner*«, sagte er und setzte sich seine dicke Brille wieder auf. Ich stöhnte heimlich.

»Nee, da bin ich noch dran ...«, sagte ich.

Unser Dorf – unsere Einwohner war eine Rubrik, in der wir als Lokalzeitung jeden Monat einen »besonderen« Einwohner aus dem Dorf vorstellten. Letzten Monat hatte Walter einen Artikel über die Eisverkäuferin Johanna Löw geschrieben. Das Besondere an ihr war, dass sie Eis verkauft. Hier im Dorf.

Diesen Monat sollte ich einen Einwohner porträtieren, den ich für besonders hielt. Leider hielt ich niemanden für besonders. Und allein beim Gedanken, siebzig Zeilen über jemanden wie Johanna und ihr Eis schreiben zu müssen, wurde mir übel.

»Ach und noch etwas!«, sagte Walter, »Heut' Abend feiert so 'n Kegelverein sein fünfzigstes Jubiläum. Goldene Hochzeit quasi. Schau da doch mal vorbei.«

Ich ahnte Böses. »Wie viele Zeilen sollen das werden?«, fragte ich. Walter überlegte kurz, dann sagte er entschlossen: »Na, so siebzig Zeilen mindestens!« Ich biss mir auf die Lippen. »Und mach auch ein paar schöne Fotos!«

Die Rentner warfen sich in Positur. »Haben Sie es?«, fragte mich einer. Ich ließ es noch einmal schnell blitzen, bevor ich nickte. »Ja, die sind alle spitze geworden!«, sagte ich. Ich musste mir die Fotos nicht angucken, um zu wissen, dass das eine Lüge war. Auf Gruppenfotos hat eigentlich immer irgendwer die Augen zu oder den Kopf verdreht. Und so, wie sich die Alten zurück an ihre Plätze mühten, war es ausgeschlossen, dass sie bei den Fotos eine gute Figur gemacht hatten.

»Wann kommt der Artikel denn?«, fragte mich derselbe Mann. »Morgen?« Er sah etwas wirr aus. Seine Haare waren zerzaust, tiefe Furchen gruben sich durch sein Gesicht.

Im Hintergrund klackerten schon wieder die Kegel, oder waren es die vielen falschen Zähne?

»Nee«, sagte ich, »der kommt erst übermorgen. Morgen muss ich ihn noch schreiben.« Der Mann sah mich zufrieden an. Vermutlich war es die Genugtuung, endlich etwas gefunden zu haben, das genauso langsam war wie er: Lokalzeitung. Nachrichten von vor zwei Tagen lesen, die man damals schon egal fand. Das sollte unser Motto sein, dachte ich und drehte mich weg, um meine Sachen zusammenzupacken. Da zerrte plötzlich eine kalte Hand an meiner Schulter. Ich zuckte zusammen und unterdrückte einen Schrei.

Es war der wirre alte Mann, er ließ nicht locker. »Dann können Sie ja noch ein Bier mit uns trinken!«, rief er, als hätte er mich ertappt. Die Kegelbrüder klopften zum Applaus auf den Tisch. Zumindest die drei, die es gehört hatten. Der Rest war entweder zu alt zum Hören oder zu alt, um zu verstehen. Ich lehnte erst ab, aber das akzeptierten die Rentner nicht. Der Wirre rief aufgebracht: »Zwischen Leber und Milz passt immer ein Pils!« Er hatte bereits ein zusätzliches Bier in der Hand, das er mir wütend entgegenstreckte. Ich nahm das Bier an. Ich glaube, wenn ich sein Angebot abgelehnt hätte, wäre er für den Rest seines Lebens sauer auf mich gewesen. Auch wenn das wahrscheinlich nicht mehr so lange war. Er nickte zufrieden und zog ab. Widerwillig setzte ich mich mit meinem Bier an den Tisch und trank in großen Zügen, um endlich nach Hause zu können. Vor mir saß eine alte Frau, die eigenartig gekleidet war. Sie trug eine dicke Sonnenbrille, obwohl wir drinnen waren, und hatte ein Tuch um ihren Kopf gewickelt. Sie holte ein paar Pillen aus einer Dose hervor, schmiss sie sich ein und spülte sie dann mit Bier herunter. Unter dem Kopftuch quollen ein paar kräftige Locken hervor, die zu ihren Schlucken im Takt wippten. Früher waren sie vielleicht blond gewesen, nun waren sie grau, wie alles andere an ihr. Sie leckte das letzte bisschen Bier von den Lippen, das es nicht ganz in ihren Mund geschafft hatte, und schaute mich mit ihrer dicken Brille an. »Was glotzt du denn so doof?«

Ich war beinahe peinlich berührt. Sie wandte sich verärgert von mir ab. Egal, dachte ich und nahm noch einen großen Schluck.

Das Bier hatte es anscheinend ebenfalls eilig, es schoss direkt durch. Ich stand auf und ging zum Klo. Die Alten warfen lautstark Kugeln über die langen Holzbahnen, es knarzte, rollte, klackerte. Es wurde gejubelt und geschimpft. Alles hallte, alles roch nach Fett und nach Bier und nach Tod. Ich zwängte mich an den Rentnern vorbei zum Klo und schloss erleichtert die Tür. Endlich Ruhe. Ich atmete tief durch. Jetzt kurz aufs Klo und dann nichts wie weg, dachte ich. Ich benutzte das Pissoir und ging danach zum Waschbecken. Das Wasser plätscherte friedlich und war angenehm kühl. Ich ließ es über meine Hände laufen und hörte ihm ein wenig zu. Plötzlich knallte es laut hinter mir.

Eine Kabinentür war aufgeflogen. Ich schrie auf und fuhr herum. »SIE HAT EIN GEHEIMNIS!«, kreischte der alte, wirre Mann, der mich nach dem Foto gefragt hatte. Er kam aus der Klokabine gestürmt, die Hose noch halb geöffnet. Ich wich panisch zurück. »DIE FRAU VON EBEN!«, rief er und packte mich an den Schultern. Ich stieß mit dem Rücken ans Waschbecken, konnte nicht weiter zurück. Der Alte drückte sein Gesicht so nah an meins, dass ich seine Bartstoppeln fühlen konnte. »ANNETTE!«, rief er. Seine grauen Augen warfen sich auf mich. Ich stieß ihn von mir weg. »Hey!«, schrie ich. »Was soll denn das?!« Der Mann richtete seine Hose. »Aber Annette!«, sagte er.

Ich riss Papierhandtücher aus dem Spender und fuhr mir angewidert über das Gesicht. »Wer ist Annette?!«, fragte ich, um ihn auf Abstand zu halten.

»Na Annette, mit den Locken! Sie hat dich angesprochen! Sie hat ein Geheimnis, ein großes Geheimnis!« Der alte Mann wich zitternd noch einen Schritt zurück und war schon fast wieder in seiner Kabine. »Aber ich darf nicht sagen was! Das darf ich nicht!« Ich schmiss die Papierhandtücher wütend in den Müll.

»Das trifft sich gut, ich will's auch gar nicht wissen!«, sagte ich und stürmte aus dem Klo. Der wirre Mann starrte mir hinterher.

»Warte!«, rief er, aber es war mir egal. Ich griff mir meine Sachen und verließ den Kegelclub, ohne mich umzudrehen.

Mir war gerade die wichtigste Geschichte meiner Karriere begegnet. Und ich hatte sie einfach ignoriert.

2

Daheim begrüßte mich ein leeres Haus. Ich rief ein lautes »Hallo!« hinein. Ein beschäftigtes »Hi!« kam aus der Garage zurück. Mein Vater schraubte an seinem Oldtimer rum, wie fast immer, wenn ich nach Hause kam. Ich verlor meine Sachen und schlenderte in die Küche. Es war Freitag, das hieß, es gab Fisch. Mein Vater war nicht religiös, und meine Mutter war schon lange nicht mehr bei uns, aber an dieser kirchlichen Tradition, die sie eingeführt hatte, hielt mein Vater aus irgendeinem Grund fest.

Das Lachsfilet wartete in der Küche auf mich. Ich warf es in die Mikrowelle und drehte den Timer auf sechs Minuten. In der Spüle stand dreckiges Geschirr. Ich überlegte kurz, es in die Spülmaschine zu räumen, aber die Küche war im Gesamtbild noch nicht so dreckig, als dass man was dagegen unternehmen musste, also ließ ich es bleiben. Mein Vater und ich putzten die Küche, damit sie benutzbar war, nicht um sie präsentieren zu können. Es war immer so sauber, dass man sich nicht beschweren konnte, und nicht sauber genug, um sich wohlzufühlen. Also genau richtig, um einfach das zu tun, wofür man gekommen war, und dann wieder zu gehen. Ein Gebrauchsgegenstand, kein Ausstellungsstück. Das galt eigentlich für das gesamte Haus.

Mein Vater und ich wohnten in einem klassischen Einfamilienhaus, das viel zu groß für uns beide war. Es gab zwei Stockwerke und einen kleinen Garten. Auch ansonsten war nichts Aufregendes an dem Haus. Die Inneneinrichtung war so unauffällig und langweilig, dass man manchmal vergaß, dass es überhaupt eine gab. In der Küche zierte eine Reihe von Fotos die Wände. Darunter sehr häufig Bilder von Autos, die mein Vater toll fand. Am Kühlschrank hing außerdem klischeegemäß ein altes selbst gemaltes Bild von mir. Es wurde damals aus Reflex hingehangen, das macht man schließlich so, und seitdem hatte sich niemand mehr getraut, es abzunehmen. Es zeigte unser Haus, mich und meinen Vater. Meine Mutter war damals schon nicht mehr da. Unter dem selbst gemalten Bild von mir stand in der krakeligen Handschrift eines Siebenjährigen »TIMUЯ AsLAN«. Mein Vater hatte daneben »Klasse 2C« ergänzt. Auch seine Handschrift war krakelig. Warum hatte er »Klasse 2C« geschrieben, warum nicht einfach mein Alter? Ich öffnete den Kühlschrank und suchte nach etwas, das ich zu einem Beilagensalat verarbeiten konnte.

Der Kühlschrank surrte mich sofort wütend an, anscheinend war er nicht gerne offen. Klar, dachte ich, der Kühlschrank konnte es auch nicht mehr ertragen, jeden Tag dasselbe zu erleben. Jeden Tag Tür auf, Tür zu, manchmal kamen Eier rein, manchmal ging Milch raus, aber nie passierte mal irgendetwas Aufregendes oder Unerwartetes. Ich nahm mir vor, bei Gelegenheit mal einen Schuh reinzustellen, und holte zwei Tomaten und eine halbe Gurke heraus. Der Fisch schmorte währenddessen laut in der Mikrowelle. Es knackste und knallte, als würde in dem Gerät der dritte Weltkrieg ausgetragen. Das wäre mal eine Meldung! *Dritter Weltkrieg findet in Timur Aslans Mikrowelle statt.*

Ich ließ den Fisch in Ruhe kämpfen und fing an die Tomaten zu schneiden. »Fisch ist kein Fleisch, darum darf man ihn am Freitag essen, obwohl wir heute fasten«, hatte mir meine Mutter vor langer Zeit mal erklärt. Seitdem stellte ich mir beim Essen immer Gott im Himmel vor, wie er verärgert die Faust schüttelte und rief: »Verdammt, ihr habt mich schon wieder ausgetrickst!«

Damals bin ich sonntags auch häufig mit meiner Mutter und meinen Großeltern in die Kirche gegangen. Mein Vater kam nie mit. Er war nicht nur nicht religiös, ich glaube, er verachtete meine Mutter sogar ein bisschen dafür, dass sie es war. Und sie hatte ihn ein wenig dafür verachtet, dass er es nicht war. Meine Großeltern auf beiden Seiten hielten sich raus. Die einen waren wohl einfach nur froh, dass mein Vater trotz seiner »Herkunft« kein Moslem war, und die anderen waren tot.

Ich ging nicht gerne in die Kirche. Sie war mir zu groß, zu kalt, zu kompliziert. Einmal hatte sich meine Mutter vor der Kirche mit einem glatzköpfigen Mann um einen Parkplatz gestritten. Später hatten wir denselben Mann in der Kirche wiedergetroffen. Er saß einige Bänke vor uns und betete, genau wie wir. Zum selben Gott, mit denselben Worten. Wie konnten der Mann und meine Mutter sich über die größten Fragen der menschlichen Existenz und Moral in allen Punkten völlig einig sein, aber sich gleichzeitig nicht einmal auf einen Parkplatz einigen? Es ging mir einfach nicht in den Kopf. Damals nicht und heute nicht. Seit meine Mutter gestorben ist, war ich auch nicht mehr in der Kirche. Die Beerdigung vor dreizehn Jahren war das letzte Mal.

Ich sah mir meinen Salat an. Viel zu viel Tomate und nur ein paar Stückchen schief geschnittene Gurke. Ich gab ein wenig Olivenöl, Salz und Pfeffer darüber und nannte es Dressing. Der erbärmlichste Beilagensalat der Welt. Die Mikrowelle war mit dem Fisch noch nicht ganz fertig, aber ich drehte den Timer einfach gewaltsam ans Ende, bis es laut »Ping!« machte, und griff mir den Teller. Ich verbrannte mir direkt die Hand, warf den Teller schnell auf den Tisch und versuchte mir fluchend den Schmerz aus den Fingern zu wedeln. Währenddessen rief mein Vater aufgebracht aus der Garage: »WEG! WEG! RAUS, KUSCH!« Es polterte, dann war ein lautes »MIAU!« zu hören. Wir hatten eine streunende Katze in der Nachbarschaft, mit der sich mein Vater nicht gut verstand. Beide konkurrierten um Papas Oldtimer, den er erst seit ein paar Wochen besaß. Die Katze mochte den Wagen, weil sie es sich gerne auf der Motorhaube bequem machte, wenn die warm war. Mein Vater wollte den Wagen aber unter keinen Umständen teilen, schon gar nicht mit jemandem, der mit seinen scharfen Krallen den Lack zerkratzen könnte. Ich ignorierte den speziesübergreifenden Streit um das Auto und setzte mich zum Essen.

Obwohl es in der Mikrowelle so laut und ausschweifend geknackst hatte, war das Lachsfilet anscheinend nicht mal halb so warm geworden wie der Teller. Es roch trotzdem sehr gut. Ich wollte mir gerade eine Gabel voll Fisch in den Mund schieben, als es draußen wieder miaute, diesmal direkt vor dem Küchenfenster.

Die Katze hatte den Streit um den Oldtimer wohl verloren und war aus der Garage geflohen. Ihre Katzenaugen starrten mich wehleidig an. Na ja fast, sie starrten den Fisch direkt vor meiner Nase an. Ich zögerte kurz. Dann miaute sie wieder, diesmal trauriger. Die Katze war pechschwarz mit einem weißen Fleck auf der Brust und weißen Pfoten. Ihr Fell war zerzaust, aber nicht dreckig. Sie war noch nicht ganz ausgewachsen, vielleicht nur ein paar Monate alt. »Miau, miau«, flehte sie.

»Du bekommst, was ich übrig lasse!« entschied ich und stach die Gabel in den Lachs. Ich stocherte ein wenig darin herum und legte die Gabel dann doch an die Seite. Ich seufzte. Einmal jemanden finden, der einen so anhimmelt wie diese Katze diesen Fisch, dachte ich und stand auf. Ich öffnete das Fenster und schob etwas vom Fisch nach draußen. »Hier«, sagte ich, »ich esse eh nicht gern alleine.« Die Katze grub ihr Gesicht direkt hinein und mampfte laut. Das bisschen, was ich ihr gegeben hatte, war sofort weg. Sie leckte verzweifelt den Boden ab und knurrte hungrig. Ich zögerte kurz. Dann schob ich den Rest des Lachsfilets hinterher. »Was soll's«, sagte ich, »du weißt ihn eh mehr zu schätzen.« Ich setzte mich zurück an den Beilagensalat, der jetzt zum Hauptspeisensalat aufgestiegen war, und kaute mit der Katze um die Wette. Die Katze gewann, nach wenigen Augenblicken war der Fisch aufgegessen, und sie zog ab. Ich ließ den Rest des Salats liegen. Gute Gesellschaft war immer noch die beste Beilage der Welt, und ohne die Katze schmeckte mir der Salat nicht mehr.

Ich fand meine Tasche im Flur wieder und ging hoch in mein Zimmer. Draußen war es bereits dunkel. Ich nahm mir eine Zigarette und setzte mich ans Fenster. Eigentlich war es eine schöne Nacht, der Himmel war voll mit kleinen Sternen. Aber die Stille war bedrückend. Sie lag über der Nacht wie eine schwere, stickige Decke.

In einem Dorf ist Stille immer romantisch, aber in der Kleinstadt ist sie irgendwie unangenehm. Die Kleinstadt ist wie das ungewollte Kind von Dorf und Großstadt, das selbst nicht weiß, wo es hingehört. Fürs Dorf zu groß, für die Stadt zu klein. Wie ein Teenager in der Pubertät, hässlich und unentschlossen.

Ich rauchte meine Zigarette in die Stille hinein. Bei jedem Zug knisterte die Glut wütend auf. Mit meiner anderen Hand scrollte ich durchs Handy. Immer noch keine Antwort von Benjamin, dem ich wegen des Volontariats in der Hauptredaktion geschrieben hatte. Ich öffnete Instagram und sah nach, was meine Freunde so taten. Anscheinend war wieder eine Reihe viel aufregenderer Leben an mir vorbeigezogen, ohne dass ich es gemerkt hatte. Özlem war immer noch in Australien beim Surfen. Sie hatte ein Video hochgeladen, in dem sie den Surfergruß machte. Die Kamera fuhr auf ihr breit grinsendes Gesicht zu, sprang dann schlagartig zurück, und plötzlich begann das Video wieder von vorne. Eine endlose Schleife der guten Laune. Auch Flo hatte ein solches Boomerang-Video hochgeladen. Er war nicht darauf zu sehen, nur seine Hand. Sie stieß mit anderen Händen, die Gläser voll bunter Cocktails hielten, an. Immer und immer wieder. Der Auftakt eines Partyabends in perpetuum.

Ach ja, dachte ich, heute ist ja Freitag. Die ganze Welt ging heute das Wochenende feiern, nur ich hockte in meinem Zimmer. Ich ließ die Eindrücke aus fremden Leben durch mein Handy rauschen, sah mir jedes glückliche Gesicht, jeden Partyabend, jeden Modelkörper kurz an, bevor ich ihn mit den Daumen weiter flussabwärts schickte. Die ganze Welt war glücklich. Die ganze Welt schien mich auszuschließen. Wenn ich jemanden mit perfektem Lächeln sah, fiel mir auf, wie schief mein eigenes war, wenn ich jemanden beim Feiern sah, fiel mir auf, dass ich alleine zu Hause herumsaß. Ich fühlte mich schäbig und schämte mich für mein Leben. Warum war ich nicht auf einer Party? Warum war ich nicht an einem australischen Strand? Warum war mein Leben so langweilig?

Ich öffnete die Kamera und sah mir mein Zimmer durch das Handy an.

Mein Bett, mein Kleiderschrank, mein Schreibtisch. Mein Schreibtisch sah im Mondlicht gar nicht so schlecht aus, er war nur sehr unordentlich. Ich sprang von der Fensterbank und räumte alles, was ich greifen konnte, vom Schreibtisch aufs Bett, nur mein Laptop blieb übrig. Ich klappte ihn auf. Der Hühnerzüchter-Artikel, den ich heute geschrieben hatte, war noch offen und strahlte mich an. Sah man ihn durch die Handykamera? Nein, man sah nur verschwommene Schriftzeichen. Gut, dachte ich und suchte den perfekten Winkel für ein Foto. Dann kam mir noch ein Geistesblitz. Ich legte die angezündete Zigarette in den Aschenbecher und positionierte alles zusammen mit einem Notizblock und einem Stift neben dem Laptop. Ich machte zehn verschiedene Fotos aus zehn Winkeln, suchte in anstrengender Analyse das beste aus und bearbeitete das Foto mit einer Reihe von Effekten: Schwarz-Weiß-Filter drauf, Helligkeit runter, Kontrast hoch, Sättigung anpassen … nach gut zwanzig Minuten hatte das Bild auf meinem Handy nichts mehr mit der Realität zu tun. Es zeigte einen Schreibtisch umhüllt von Zigarettenrauch und wichtige Notizen für einen wichtigen Artikel. Es sah aus wie aus einem Film Noir gegriffen. Dass direkt neben dem Schreibtisch ein Haufen Müll auf meinem Bett lag, der Artikel von einem Hühnerzüchter-Verein handelte und auf dem Notizblock nur so Dinge wie »Milch kaufen« und »Staubsaugen« standen, sah man zum Glück nicht. Gut so. Ich ergänzte unter dem Foto die Beschreibung »Late Night Working« und die Hashtags #Journalism #PassionNotWork. Das Bild hatte eine gewisse Romantik, es sah so aus, als wäre ich ein richtiger, wichtiger Journalist, der seine Arbeit liebte. Manchmal wäre ich gerne der Mensch, der ich auf Instagram behauptete zu sein, dachte ich und griff nach meiner Zigarette, um weiterzurauchen, aber sie war bereits abgebrannt.

Ich lud das Bild hoch und entschied mich dann, tatsächlich noch zu arbeiten. Ich konnte den Artikel über die kegelnden Rentner ja zumindest mal anfangen.

Ich griff mir den Laptop und legte mich ins Bett (anders als auf dem Foto behauptet, arbeitete ich nämlich nie am Schreibtisch). Um mich herum lag das ganze Zeug, das ich vom Tisch gefegt hatte, und das gesamte Zimmer roch unangenehm nach Qualm. Ich ließ das Zeug liegen, ignorierte den Gestank und öffnete ein neues Dokument, entschlossen, etwas zu schaffen. Der kleine schwarze, blinkende Balken, aus dem beim Tippen im Dokument die Buchstaben geboren wurden, sah mich herausfordernd an. Ich tippte »Kegelclub feiert Jubiläum« als Überschrift ein, löschte es aber sofort wieder. Das war zu trocken. Nach zwei Sekunden Nachdenken griff ich wieder zum Handy und sah nach, ob mein Bild schon Likes bekommen hatte. Drei. Ich war ein wenig enttäuscht. Nur irgendwelche alten Klassenkameraden, die mich nicht interessierten. Ich wollte, dass Benjamin das Bild sah. Und Flo. Und Özlem. Ich wollte ihre Anerkennung in Form eines Likes. Der schwarze, blinkende Balken im Dokument wartete noch immer auf eine Überschrift. Ich legte das Handy wieder beiseite und tippte: »Nach allen Kegeln der Kunst!« Das war viel zu albern. Ich schickte den Balken direkt zurück, er rollte über die Buchstaben hinweg und ließ sie nacheinander verschwinden. Dann wartete der Balken wieder genau dort, wo er angefangen hatte. Ich überlegte. Die Seite schien unendlich weiß, und der Balken blinkte, als wollte er mich verhöhnen. Er war ganz allein auf der weißen Seite, und er verhöhnte mich, weil mir nichts einfiel. Mit jedem Aufblinken lachte der Balken: Ha! Ha! Ha! Das leere Weiß der Seite wurde immer größer, das Blinken des Balkens immer lauter. HA! HA! HA! HA! Ich hielt es nicht mehr aus und haute einfach wütend in die Tasten, ohne zu merken, was ich da überhaupt schrieb. Dann warf ich den Laptop beiseite. Genug Arbeit für heute.

Ich griff wieder zum Handy – dem kleineren, freundlicheren Bildschirm – und entspannte mich. Ich sah mir noch einmal meine Likes an, es waren mittlerweile sieben. Darunter auch ein Like von Flo. Das gab mir ein gutes Gefühl. Ich öffnete die Tagesschau-App, um mir die heutigen Nachrichten anzusehen und ließ mich vom Chaos der Welt einlullen. »MEERESSPIEGEL STEIGT STETIG!«, »RECHTE PARTEIEN LEGEN IN GANZ EUROPA ZU«, »VERHEERENDE BRÄNDE IM REGENWALD«. Für sich genommen klang jede Schlagzeile wie der nahende Weltuntergang. Aber alle zusammengenommen hoben sie sich irgendwie auf. Man bekam keine Panik, man war viel zu erschlagen dafür. Kaum hatte man die eine Nachricht verstanden, kam bereits die nächste.

Nach einer Weile wechselte ich zurück zu meinem Bild, um erneut nachzusehen, ob die Anzahl meiner Likes gewachsen war. Das war sie nicht. Aber plötzlich saß eine rote Eins über meinem Posteingang. Eine Nachricht von Benjamin! Er hatte mir ein Foto geschickt. Man sah einen Tisch voller Gläser und Bierflaschen, er war wohl in einer Bar. »Sind grad im Goldenen Hirsch, wenn du Bock hast, komm auch. Können über das Volontariat reden.« Ich warf mich aus dem Bett. Der Goldene Hirsch war eine Bar in der Stadt, der nächste Bus fuhr um halb. Ich sah auf die Uhr. Zehn vor halb, das konnte ich noch schaffen! Ich schmiss mein Handy beiseite und hechtete zum Kleiderschrank. Was sollte ich anziehen? Musste ich noch unter die Dusche? Ich griff zur Deodose und duschte einfach in ihrem Sprühregen, das ging schneller. Dann schlüpfte ich in mein blaues Hemd und meine beste schwarze Hose, strich mir noch schnell die Haare zurecht und griff dann schon zu meiner Jacke. Endlich! Endlich bekam ich dieses Volontariat! Endlich konnte ich raus aus diesem Kaff und meine Karriere starten! Endlich ging mein Leben los! Zuletzt schnappte ich mir noch mein Handy und schrieb aufgeregt Benjamin: »Bin so in 30 min da, bestell mir schon mal ein Bier!« Ich steckte das Handy weg und erstarrte plötzlich. Der Laptop lag noch in der Ecke, und ich sah zum ersten Mal, was ich da eben so wütend geschrieben hatte. In großen Buchstaben stand auf dem Display: »ANNETTE HAT EIN GEHEIMNIS«. Verstört las ich den Satz wieder und wieder. Annette, war das nicht die alte Frau aus dem Kegelclub? Die mich so angeschnauzt hatte, ich solle nicht so glotzen? Und dann war da doch auch noch der wirre Alte, der mich auf dem Klo so bedrängt hatte. Ich dachte an seine blutunterlaufenen Augen. An seine kratzige Stimme, wie er mich anschrie: »ANNETTE! SIE HAT EIN GEHEIMNIS!« Ich schüttelte die Erinnerung von mir ab und klappte den Laptop zu. Ich musste dringend los. Benjamin wartete auf mich.

3

Die Haltestelle hing verloren in der Dunkelheit. Im Hintergrund hörte man die Hauptstraße, auf der in unregelmäßigen Abständen ein Auto schmatzend über den feuchten Asphalt fuhr. Außer mir warteten noch ein paar Jugendliche auf den Bus, drei Jungs und zwei Mädchen. Zwei der Jungs gackerten aufgeregt und schubsten sich zum Spaß hin und her. Sie trugen bis oben zugeknöpfte Hemden und froren heimlich. Die beiden Mädchen kontrollierten aufgeregt die Unterschriften auf den Einverständniserklärungen ihrer Eltern. Sie waren zugedeckt mit Schminke und lasen ihre »Mutti-Zettel« murmelnd immer und immer wieder, als wären sie in tiefe Gebete versunken. Der »Mutti-Zettel« überträgt die Aufsichtspflicht der Eltern auf einen anderen Volljährigen. Dadurch kann man auch als Minderjähriger bis nach Mitternacht feiern gehen und kommt in einen Club. Es ist die Eintrittskarte für das Nachtleben der Erwachsenen, vorausgesetzt der Zettel ist unterschrieben. Der dritte Junge hatte noch keine Unterschrift auf seinem Zettel. Er hielt ihn gegen die Haltestelle und unterschrieb mit höchster

Konzentration im Namen seiner Eltern selbst. Das hatte ich auch schon ein paarmal getan, vor langer Zeit. Ich kam mir tausend Jahre alt vor. Zwischen mir und der Mutti-Zettel-Gang klaffte so viel Lebenszeit, und trotzdem saßen wir an derselben Haltestelle, an demselben Punkt. Sollte ich nicht längst woanders sein? Es war erniedrigend.

Die N14 rollte an. Ich stieg vorne ein und ließ mein Ticket vom Busfahrer müde abnicken. Der Bus war voll mit partybereiten Jugendlichen. Sie reichten sich ihre bunten Fruchtsäfte mit viel zu starken Wodka-Mischungen und rochen nach billigem Parfum. Nur ein paar ältere Menschen waren im Bus. Sie starrten genervt über das Meer aus Jugendlichen hinweg wie wütende Leuchttürme. Ich stolperte durch den Mittelgang und rempelte mich bis an einen freien Platz am Fenster. Draußen fing es wieder an zu regnen, und ich sah zu, wie die nasse Ödnis der Kleinstadt an mir vorbeizog. Der Bus schlängelte sich durch jede Gasse, die er finden konnte, und ließ keinen Umweg aus. In jeder zweiten Straße wohnte eine Erinnerung.

Hier war das Haus von Lennard Wrobel, bei dem wir in der achten Klasse eine Party organisiert hatten. Die erste große Party mit Alkohol und ohne Eltern. Die waren übers Wochenende weg gewesen. Lennard wollte die Party heimlich schmeißen, ohne dass sie was davon mitbekamen. Wie in jedem zweiten Teenager-Film. Anders als in jedem zweiten Teenager-

Film hatten wir aber schon mal einen Teenager-Film gesehen und räumten extra alles aus der Wohnung, was hätte dreckig werden oder kaputtgehen können. Teppiche, Vasen, sogar die Bilder hängten wir ab. Es half trotzdem nichts. Jonas Thissen schaffte es, den Weihnachtsbaum, das einzige Einrichtungsstück, das wir nicht entfernt hatten, bis auf die letzte Nadel vollzukotzen. Wie säubert man einen Weihnachtsbaum? Es war dann aber auch egal. Die Großeltern wohnten ein Stockwerk drüber und bekamen so oder so alles mit. Eine große Lücke im Plan. Obwohl eigentlich nichts passiert war, kriegte Lennard sehr viel Ärger mit seinen Eltern. Ich glaube, er machte jetzt irgendwas in Aachen, bestimmt studieren. Jonas war mittlerweile beim Bund und kotzte dort wahrscheinlich alle Gewehre bis auf die letzte Patrone voll.

Der Bus war kurz vor der Hauptstraße in die Stadt angekommen, drehte aber buchstäblich noch einmal um und fuhr selbst auf dem Umweg noch einen Umweg. Ich sah nervös auf mein Handy. Schon fast Viertel vor elf, keine weitere Nachricht von Benjamin. Draußen brauste eine grelle Tankstelle vorbei. Wieder eine Erinnerung. Hinter der Tankstelle hatten Flo, Özlem und ich nach dem Feiern noch häufig herumgelungert, billiges Dosenbier geteilt und ekelhafte Käse-Happen, die »Käse-Snacks«, gegessen, bevor jeder nach Hause getorkelt war. Die Tankstelle lag kurz vor der Autobahnauffahrt, und ich hatte mir oft vorgestellt, was wohl wäre, wenn ich eines Tages einfach von hier aus auf die Autobahn fahren würde und nicht anhielt, bis ich in einem komplett anderen Leben ankam. Unsere betrunkenen Gespräche hinter der Tankstelle hatten sich häufig um die Zukunft gedreht. Ich wurde zum Star-Journalisten ernannt, Flo zum Star-Anwalt und Özlem zum Star (worin genau war noch zu definieren). Von uns dreien war nur ich noch hier.

Ich checkte wieder nervös mein Handy und schrieb Benjamin: »Bin gleich da, steht mein Bier an seinem Platz?«. Nach ein paar Sekunden kam ein Daumen-Hoch-Emoji zurück. Ich grinste selbstgefällig. Heute würde endlich meine Zukunft beginnen. Heute würde mir Benjamin in die Augen schauen und sagen: »Du kriegst das Volontariat«. Vermutlich würde er es nicht so deutlich tun, es würde mehr ein zusicherndes Nicken sein, gefolgt von einem »Mach dir um das Volo mal keine Sorgen« oder »Such dir schon mal eine Wohnung in der Stadt«. Ich malte mir das Nicken in allen möglichen Varianten aus. Dann dachte ich an meinen Vater, ich hätte ihm Bescheid geben sollen, dass ich ausziehen würde. Ich hatte es schon häufig angedeutet und eigentlich auch schon angekündigt, aber jetzt konnte ich endlich sagen, wann. Nämlich jetzt. Nicht »bald«, nicht »vermutlich demnächst«, sondern »jetzt«. Es ruckelte im Bus, das Schmatzen der Reifen wurde schneller, endlich fuhren wir auf die Hauptstraße. Gleich waren wir in der Stadt.

Der Goldene Hirsch war ein Restaurant, das sich wie eine Bar verhielt. Es gab einen ausladenden Thekenbereich, und die Getränkekarte war fast so groß wie die Speisekarte. Ich atmete ein paarmal durch, bevor ich eintrat. Ich war den Weg vom Bahnhof bis zum Goldenen Hirsch mehr oder weniger gerannt und musste wieder zu Atem kommen, damit ich nicht abgehetzt wirkte. War ich verschwitzt? Ich fuhr mir durch die Haare und versuchte mich in einem der silbernen Heizstrahler zu sehen, die draußen im Raucherbereich standen. Mein verzerrtes Gesicht starrte zurück. Ach egal, dachte ich, passt schon.

Drinnen war es laut und warm. Benjamin saß mit ein paar Leuten dicht gedrängt an einem langen Holztisch. Auf der einen Seite des Tischs hockten die Leute auf einer Holzbank wie Hühner auf der Stange. Auf der anderen Seite gaben sich die Stuhllehnen die Hände. Es war eine große Gruppe oder vielleicht auch zwei kleine Gruppen, die sich einen Tisch teilten. Ich wusste nicht genau, wer aus diesem Auflauf zu Benjamin gehörte und wer nicht. Benjamin saß ganz am Rand der Holzbank und sah kurz zu mir hoch. »Timur!«

Der Rest der Gruppe ignorierte mich. Nur zwei Typen, die gegenüber von Benjamin mit dem Rücken zu mir saßen, warfen mir einen Schulterblick zu, der aber so kurz war, dass man damit bei der Fahrprüfung wahrscheinlich durchgefallen wäre. Benjamin stand auf. »Warte, ich mach dir Platz.« Er deutete den anderen auf der Bank an zu rücken. Die gesamte Reihe stöhnte nacheinander genervt auf, erhob sich und wackelte ein wenig zur Seite, stets mit einem vernichtenden Blick in meine Richtung. Die wohl demotivierendste Laola-Welle aller Zeiten. Neben Benjamin entstand dadurch eine kleine Pfütze Bank, auf die ich die paar Moleküle meines Hinterns, die hinpassten, quetschte.

Benjamin hatte kurz geschorenes, dichtes Haar und ein längliches Gesicht mit zwei Falten, die seinen Mund in Klammern setzten. Zu seiner Linken saß ein blonder Kerl, dessen Seitenscheitel so korrekt saß, als hätte Hitler ihn persönlich gezogen. »Timur arbeitet bei uns«, sagte Benjamin in seine Runde, die anscheinend bloß aus dem Seitenscheitel und den zwei Typen bestand, die mir eben den Bruchteil eines Schulterblicks zugeworfen hatten.

Arbeitet bei uns, wiederholte ich Benjamins Worte in meinem Kopf. Es klang, als wären wir Kollegen. Als hätte ich schon einen richtigen Job, als wäre ich bereits erfolgreich. »Nick arbeitet bei einer Werbeagentur« sagte Benjamin und meinte damit den Blonden der neben ihm saß. Nick folgte der Aufforderung seines Namens und nickte, sagte aber nichts. Er hatte eine Pizza vor sich und öffnete den Mund nur, um ihn mit Essen zu füllen. Benjamin zeigte auf die anderen beiden Typen gegenüber. Der eine war ziemlich dick und hatte so viel Gel in den Haaren, dass nach seinem

Tod wahrscheinlich ganze Produktionsketten in der Haarpflegeindustrie Insolvenz anmelden müssten. Der andere war ein etwas kleinerer, lockiger Typ. Seine Augen saßen so tief in seinem Schädel, dass es aussah, als wollten sie sich verstecken.

»Das sind Jo und Mert«, sagte Benjamin. Wer von beiden wer war, verschwieg er allerdings. Sie nickten mir kurz zu und zeigten sich dann weiter nacheinander Fotos von Frauen auf ihren Handys, was sie anscheinend schon die ganze Zeit taten. Benjamin wandte sich mir zu.

»Was geht, Mann, was geht? Schreibst du gerade an etwas Großem?«

Ich wurde aufmerksam. »Nicht wirklich, ich hänge in der Lokalredaktion fest. Weißt ja, was man da zu schreiben bekommt«, sagte ich, »Artikel über Hühnerzüchter und so.« Benjamin lehnte sich vor:

»Nee Mann, nee, das ist doch egal, was dir die da geben! Du musst dir deine eigenen Storys suchen! Ich bin zum Beispiel grad an was Großem dran! Ein Vermisstenfall! Geht um 'nen Millionär! Ist einfach verschwunden!« Er schnippte theatralisch mit den Fingern: »Einfach weg! Und ich hab exklusive Infos dazu!«

Ich tat interessiert. Benjamin nippte an seinem Cocktail und erklärte mir den Fall, ohne dass ich danach gefragt hätte. »Niemand weiß genau, was passiert ist. Die Polizei geht nicht von einer Entführung aus, ich hab da meine Quellen. Kann nicht viel dazu sagen, aber ich glaube auch nicht an Entführung. Ist alles noch streng geheim, ich bin über Kontakte drangekommen. Muss aber noch warten, bis ich es veröffentlichen darf.«

Er sah mich an, als müsste er abwägen, was er mir erzählen konnte, und sagte dann nur: »Der wird noch richtig groß, der Fall, mehr will ich nicht verraten, aber ich bin dran, das wird 'ne Hammer-Story.«

Ich überlegte, wie ich das Gespräch wieder auf mich lenken und möglichst schnell zum Volontariat kommen konnte, aber Jo oder Mert (ich wusste immer noch nicht, wer von beiden wer war) kam mir zuvor.

»Benni! Lass mal weiter, oder?«

Ich wusste nicht, dass Benjamin Benni genannt wurde, und merkte es mir. Nick hatte noch Pizza im Mund und protestierte. Man einigte sich darauf, in zehn Minuten weiterzuziehen. Benjamin nutzte die Zeit, um weiter über »seinen« Fall zu referieren. »Es geht um den Chef der Firma Krone …« Für jemanden, der angeblich noch nicht viel darüber erzählen durfte, redete er ganz schön viel: Stinkreich, hat viel Macht, Chef hier, Chef da, Millionär, einfach weg, einfach verschwunden, blabla, niemand weiß wo, Hammer-Story, Hammer-Story, echt jetzt, Hammer-Story …

Ich gab es irgendwann auf, das Gespräch auf mich zu lenken. Er würde mich schon irgendwann aufs Volo ansprechen. Immerhin hatte er mich als »Kollegen«

vorgestellt, war das nicht schon ein Zugeständnis? Und dass er die ganze Zeit von seiner Arbeit redete, war das nicht vielleicht so gemeint, dass ich ihm damit helfen sollte? In Zukunft, wenn wir wirklich Kollegen waren? Vermutlich würde er sogar total erstaunt reagieren, wenn ich ihn ansprach. »Ach das Volo«, würde er sagen, »das ist doch schon geklärt!«

Wir fanden noch eine andere Bar, tranken verschiedene Dinge mit Alkohol und endeten schließlich in der Schlange vor dem Metropol. Das Metropol war eine Diskothek, die es bereits seit gefühlt hundert Jahren gab. Flo hatte mal gemeint, dass sein Großvater hier schon feiern gewesen sei. Ich konnte mir das nicht so richtig vorstellen, Clubs waren für mich etwas wie Handys oder das Internet – nichts, was man »früher« schon gehabt hatte. Dabei war »betrunken-zu-lauter-Musik-tanzen-und-hoffen,-dass-man-beim-anderen-Geschlecht-landet« wahrscheinlich die erste Erfindung direkt nach dem Feuer. Ich hielt in der Schlange Ausschau nach der Mutti-Zettel-Gang von der Bushaltestelle, fand sie aber nicht. Das Metropol war mit Sicherheit auch nicht ihr Revier. Ich hatte schon ein paarmal versucht reinzukommen, aber die Tür war zu streng. Obwohl ich normalerweise keine großen Probleme damit hatte, in Clubs zu kommen, denn im Gegensatz zu meinem Vater sah ich deutscher aus als mein Name. »Du siehst gar nicht türkisch aus«, war ein Satz, den ich häufig als vermeintliches Kompliment zu hören bekam. Als wäre es etwas Schlechtes, türkisch auszusehen. Andererseits konnte ich es auch verstehen. Natürlich sind Menschen, die vermeintlich »deutsch« aussehen, nicht besser, aber es ist sehr viel besser, deutsch auszusehen. Denn genau dadurch kam ich ja zum Beispiel einfacher in Clubs. Auch wenn das allein fürs Metropol nicht reichte. Das war ein Club für die Schönen und Reichen, das war nichts für die Mutti-Zettel-Gang und auch nichts für mich. Aber Benjamin hatte lautstark versprochen, dass er uns ohne Probleme auf die Gästeliste setzen könne. Er habe da Kontakte, wir kämen auf jeden Fall alle rein.

Jetzt, wo wir in der langen Schlange standen und die Kälte sich so langsam durch die Jacken fraß, kippte die Stimmung allerdings. Nick beschwerte sich, Jo und Mert wollten beide lieber ins Fusion, einen Club mit weniger strenger Tür und darum auch weniger langer Schlange. Ich wollte zwar unbedingt mal ins Metropol, hielt mich aber raus. Schließlich gab Benjamin nach, und wir zogen ab.

»Hatte uns auf die Gästeliste setzen lassen, aber okay. Wie ihr wollt.«

Ich ließ mir meine Enttäuschung nicht anmerken.

Beim Fusion-Club ging es dann auch tatsächlich schneller. Nach der Ausweiskontrolle und dem obligatorischen »Heißt zwar Timur Aslan, sieht aber nicht aus wie ein Assi«-Blick, den ich von Türstehern immer bekam, stolperten wir in den Club.

Es war sehr laut, sehr eng und sehr verschwitzt. Über der Tanzfläche hing eine große Discokugel, und aus allen Ritzen strömte lilafarbenes Neonlicht. An der Wand neben der Bar standen im Boden verschraubte Hocker und kleine Tische, die aber alle belegt waren. Wir blieben im Niemandsland zwischen Bar und Tanzfläche stehen und hielten unsere Getränke in der Hand. Ich war mittlerweile auch auf Cocktails umgestiegen, obwohl ich gar keine Lust hatte, mich zu betrinken. Benjamin unterhielt die Runde, ich verstand allerdings nicht, womit, dafür war es zu laut. Er gestikulierte ausladend und lachte. Ich trank meinen viel zu süßen Long Island Ice Tea und merkte, wie mir der Alkohol so langsam ins Hirn kroch. Morgen war zwar Samstag, aber ich musste trotzdem arbeiten. Um zwölf wurde immer die »Blattkritik« abgehalten, in der die Artikel des letzten Tages besprochen wurden, zumindest da musste ich dabei sein. Mein Hühnerzüchter-Artikel würde ganz bestimmt besprochen werden. Ich schnippte meinen Strohhalm von links nach rechts und nahm mir vor, Benjamin endlich auf das Volo anzusprechen. Ich war mir mittlerweile zwar sicher, dass ich es hatte, aber ich wollte es von ihm hören. Ich wollte die Bestätigung, um mich endlich in die absolute Sicherheit fallen lassen zu können.

»WILL JEMAND RAUCHEN?!« fragte ich, viel lauter, als ich wollte.

Aber zum Glück war die Musik auch viel lauter, als es irgendjemand wollte, und mein Geschrei fiel nicht weiter auf. »Benni, du vielleicht?«, fragte ich und machte die »Rauchen«-Geste in seine Richtung. Nick rollte mit den Augen, aber Benjamin hob den Daumen und folgte mir. Das war meine Chance, nur wir zwei, gleich würde ich ihn fragen! Wir mussten uns an der Tanzfläche vorbei zum Raucherbereich durchkämpfen. Es lief irgendein Party-Hit, die Gläser summten den Bassschlag mit. Ich schob mich durch die dicht gedrängten Menschen, an klebrigen Rücken und zahlreichen Spaghetti-Tops vorbei. Der Song ging in einen gesungenen Chorus über und wurde ruhiger. Ohne den stützenden Beat wussten die Tanzenden nicht mehr genau, was sie tun sollten. Die Erfahreneren streckten gefühlvoll die Hände in die Höhe und sangen den Text mit, andere zappelten nur hilflos hin und her, als wären sie in der Schlange vor dem Klo. Ich schob sie nacheinander zur Seite. Der Raucherbereich war durch eine Glaswand vom Rest des Clubs abgetrennt. Der Strom an Menschen, die raus- und reinwollten, bildete eine Schneise durch die Tanzenden. Ich erreichte die Tür und zwängte mich hinein.

Hier gab es eine weitere Bar, einige Lounges und sehr viel schlechtere Luft. Leider war es nicht wesentlich ruhiger. Man verstand zwar nicht mehr genau, was gesungen wurde, aber der Bass dröhnte mit gewaltigen Schlägen durch die Scheiben und machte jede Unterhaltung sehr viel komplizierter. Ich gab Benjamin eine meiner Zigaretten und zündete sie ihm an. Er hatte sein Hemd mittlerweile ausgezogen und trug nur noch ein weit ausgeschnittenes weißes T-Shirt. Er zog genüsslich an seiner Zigarette und wedelte tanzend mit den Armen, als könnte er die Musik in der Luft greifen. Der Alkohol in meinem Kopf schob jegliches Feingefühl beiseite und ließ mich einfach geradeheraus fragen: »Bekomm ich jetzt eigentlich das Volo?«.

Benjamin nahm die Zigarette aus dem Mund und sah mich fragend an: »Was?« Er hatte mich nicht verstanden. Die Musik war kurz leiser geworden, kam dann aber mit noch mehr Schlägen pro Minute zurück und erbrach sich über allem. Ich lehnte mich an Benjamins Ohr und schrie: »DAS VOLO! HAST DU DAS GEKLÄRT?« Benjamin nickte und tanzte weiter.

»Ach soo!«, sagte er. »Nee!«

Ich verstand nicht richtig.

»Wie, nee?«, fragte ich und dachte an ein Missverständnis.

Benjamin hörte mich nicht.

»WIE JETZT, NEIN?!«, schrie ich.

Er sah erst seine Zigarette an und dann mich.

»ICH KANN DAS NICHT EINFACH KLÄREN! DA BRAUCHST DU SCHON 'NE EIGENE STORY!« Er sagte es, als müsste er mir das Selbstverständliche erklären. Ich verstand es trotzdem nicht.

»WAS REDEST DU DENN DA?!«, schrie ich ihn an.

Benjamin nahm mich beiseite und sprach mir wieder direkt ins Ohr:

»Ich kann dich doch höchstens empfehlen, Mann! Und wenn du positiv aufgefallen bist, dann kriegst du das Volo. So läuft das immer!«

Plötzlich wurde die Schwerkraft ziemlich stark, meine Knie knickten ein wenig ein, mein Magen befand sich im freien Fall.

»Wie ... wie falle ich denn positiv auf?«, fragte ich, und meine Stimme tanzte dabei zwei Oktaven höher, als es ihr stand.

Benjamin lachte. »EASY!«, rief er, dann wieder in mein Ohr:

»Du bringst 'ne eigene Story. 'n großes Ding, dann haben die dich auf dem Zettel, und wenn ich dich dann noch empfehle, dann ist das 'ne sichere Sache!«

Er klopfte mir auf die Schultern. »MUSST EINFACH 'NE HAMMER-STORY BRINGEN, EGAL WAS! HAUPTSACHE, ES IST FETT! DEN REST REGLE ICH!« Benjamin tanzte schon wieder. Ich biss wütend in meinen Strohhalm und trank den Cocktail in einem langen, bitteren Zug leer.

Der Nachtbus zurück roch nach Kotze. Ich stieg ein paar Stationen zu früh aus, weil ich einer bestimmten

Tankstelle noch einen Besuch abstatten wollte. Die Tankstelle zu betreten, fühlte sich so an, als würde man in das Innere eines Raumschiffs stolpern. Das Licht war viel zu grell, und überall surrte es. Ich griff mir das billigste Dosenbier und sah mich nach den Käse-Snacks um. Sie standen tatsächlich noch genau am selben Platz wie früher. So wie ich. An der Kasse stand hingegen niemand, ich spielte kurz mit dem Gedanken, einfach abzuhauen, ließ es dann aber sein und sah mir stattdessen die Zeitschriften in der Auslage an. Eine ganze Parade perfekter Gesichter, die noch greller strahlten als das Tankstellen-Licht, präsentierte sich auf den Covern. Super-Promis und Models, die Schönen und Reichen, alles Menschen, die es geschafft hatten. Ich stellte mir Benjamins Gesicht auf so einem Cover vor, dann Özlems, dann Flos. Was war mit meinem Gesicht?

Der Kassierer war mittlerweile aufgetaucht und wurde ungeduldig. Ich ließ die Gesichter des Glücks liegen und zahlte mein Dosenbier und meine Käse-Snacks. Draußen war es fast schon wieder Morgen, die Vögel fingen an zu zwitschern und verhöhnten jeden, der noch nicht zu Bett gegangen war. Ich setzte mich hinter die Tankstelle und öffnete mein Dosenbier. Es schmeckte wässrig und lag mir nicht gut im Magen. Ich trank es trotzdem und dachte dabei an Benjamin.

Eine Hammer-Story. Was sollte das denn heißen? Ich schüttelte ungläubig den Kopf. Wenn es in diesem sagte es, als müsste er mir das Selbstverständliche erklären. Ich verstand es trotzdem nicht.

»WAS REDEST DU DENN DA?!«, schrie ich ihn an.

Benjamin nahm mich beiseite und sprach mir wieder direkt ins Ohr:

»Ich kann dich doch höchstens empfehlen, Mann! Und wenn du positiv aufgefallen bist, dann kriegst du das Volo. So läuft das immer!«

Plötzlich wurde die Schwerkraft ziemlich stark, meine Knie knickten ein wenig ein, mein Magen befand sich im freien Fall.

»Wie ... wie falle ich denn positiv auf?«, fragte ich, und meine Stimme tanzte dabei zwei Oktaven höher, als es ihr stand.

Benjamin lachte. »EASY!«, rief er, dann wieder in mein Ohr:

»Du bringst 'ne eigene Story. 'n großes Ding, dann haben die dich auf dem Zettel, und wenn ich dich dann noch empfehle, dann ist das 'ne sichere Sache!«

Er klopfte mir auf die Schultern. »MUSST EINFACH 'NE HAMMER-STORY BRINGEN, EGAL WAS! HAUPTSACHE, ES IST FETT! DEN REST REGLE ICH!« Benjamin tanzte schon wieder. Ich biss wütend in meinen Strohhalm und trank den Cocktail in einem langen, bitteren Zug leer.

Der Nachtbus zurück roch nach Kotze. Ich stieg ein paar Stationen zu früh aus, weil ich einer bestimmten

Tankstelle noch einen Besuch abstatten wollte. Die Tankstelle zu betreten, fühlte sich so an, als würde man in das Innere eines Raumschiffs stolpern. Das Licht war viel zu grell, und überall surrte es. Ich griff mir das billigste Dosenbier und sah mich nach den Käse-Snacks um. Sie standen tatsächlich noch genau am selben Platz wie früher. So wie ich. An der Kasse stand hingegen niemand, ich spielte kurz mit dem Gedanken, einfach abzuhauen, ließ es dann aber sein und sah mir stattdessen die Zeitschriften in der Auslage an. Eine ganze Parade perfekter Gesichter, die noch greller strahlten als das Tankstellen-Licht, präsentierte sich auf den Covern. Super-Promis und Models, die Schönen und Reichen, alles Menschen, die es geschafft hatten. Ich stellte mir Benjamins Gesicht auf so einem Cover vor, dann Özlems, dann Flos. Was war mit meinem Gesicht?

Der Kassierer war mittlerweile aufgetaucht und wurde ungeduldig. Ich ließ die Gesichter des Glücks liegen und zahlte mein Dosenbier und meine Käse-Snacks. Draußen war es fast schon wieder Morgen, die Vögel fingen an zu zwitschern und verhöhnten jeden, der noch nicht zu Bett gegangen war. Ich setzte mich hinter die Tankstelle und öffnete mein Dosenbier. Es schmeckte wässrig und lag mir nicht gut im Magen. Ich trank es trotzdem und dachte dabei an Benjamin.

Eine Hammer-Story. Was sollte das denn heißen? Ich schüttelte ungläubig den Kopf. Wenn es in diesem

Kack-Dorf irgendwo Hammer-Storys gäbe, würde ich ja nicht so dringend hier rauswollen. Was sollte ich jetzt tun? Eine Bank überfallen und dann selbst darüber berichten? Ich nahm den ekligsten Schluck vom Bier, den letzten, und starrte in Richtung der Autobahnauffahrt. Ich stellte mir vor, wie ich in ein Auto stieg, aufs Gaspedal trat und losfuhr. Auf die Autobahn und dann weiter, immer weiter.

Mir blieben nur noch ein paar Wochen, bis die Volos vergeben wurden, und das mit der Bank war bisher meine beste Idee. Ich war komplett verloren.

4

Meine Augen brannten, mein Mund war gnadenlos ausgetrocknet, und mein Kopf fühlte sich an, als hätte jemand einen Gürtel quer über meine Stirn geschnallt und würde ihn enger und enger ziehen.

»Timur, hast du noch Anmerkungen?«

Ich war mir ziemlich sicher, dass ich einen Kilometer gegen den Wind nach Alkohol roch. »Nein, ich fand … ich fand deinen Artikel auch sehr gut«, sagte ich und fuhr mir dabei mit der Hand über den Mund, um meine Fahne zu verdecken. Annemarie sah mich skeptisch an. Als Chefredakteurin der drei Mitarbeiter umfassenden Lokalredaktion leitete sie die Blattkritik.

»Na gut, dann zum Kultur-Ressort«, sagte sie, und alle blätterten um.

Ich zerknitterte mein Zeitungsexemplar beim Blättern und riss aus Versehen eine Seite ein. Alles, was nicht im Aktionsbereich von Schlafen oder Stöhnen lag, überstieg meine motorischen Fähigkeiten gerade komplett. Ich ließ die Zeitungsseite, auf der ich gerade war, einfach offen und gab es auf, die richtige zu finden. Walter räusperte sich.

»Zu dem nächsten Artikel würde ich gerne was sagen.«

Der nächste Artikel war mein Hühnerzüchter-Artikel. Annemarie nickte.

»Klar, gerne!«

Wir waren in ihrem kleinen Büro. Sie saß hinter ihrem Schreibtisch, Walter und ich auf zwei Stühlen davor.

»Was ich positiv fand …«, sagte Walter.

Ich rollte mit den Augen. Zuerst etwas Positives zu nennen, war eine der »Feedback-Regeln«, an die sich hier alle eisern hielten. Selbst wenn man etwas »feedbackte«, woran man eigentlich absolut gar nichts positiv fand, musste man so anfangen. Hätte Walter seine Erfahrungen aus dem Krieg teilen sollen, so hätte er vermutlich angefangen mit »Ich fand positiv, dass wir sehr viel draußen waren und uns viel bewegt haben«. Sein fischiger Mund fand endlich etwas Positives was er zu meinem Artikel sagen konnte:

»Du hast die Hühner sehr eindrücklich beschrieben. Ich fand, die Liebe der Züchter zu den Tieren war im Artikel richtig zu spüren.«

Annemarie runzelte die Stirn. Sie trug einen viel zu langen Schal, der aussah, als hätte er drei Semester lang Kunst studiert und dann abgebrochen.

»Ich fand schade«, sagte Walter, »dass du gar nicht erwähnt hast, dass es der letzte Hühnerzüchter-Verein der Stadt ist. Da lag eine Story über das Aussterben des Vereinslebens. Johannes Bichler ist der Letzte seiner Art, sozusagen.«

Ich musste ein Schmunzeln unterdrücken. Walter hatte zwar recht mit seiner Kritik, aber ich konnte nicht fassen, dass ich buchstäblich zum LETZTEN Hühnerzüchter-Verein geschickt worden war. Annemarie sah mich scharf an.

»Das ist ein guter Punkt, ich wusste nicht, dass es der letzte Hühnerzüchter-Verein ist, das hätte im Artikel stehen müssen, Timur!«

Ich zuckte entschuldigend mit den Schultern.

»Danke für die Kritik«, sagte ich (eine weitere Phrase aus dem Textbuch des »Feedbackens«). »Ich glaube, ich habe einfach keinen richtigen Zugang zu der Geschichte gefunden und bin darum so oberflächlich geblieben. Es tut mir leid.« Walter nickte.

»Vielleicht«, sagte ich, »kann ich Montag ein eigenes Thema mitbringen, zu dem ich einen großen Artikel schreiben könnte?«

Annemarie schüttelte verwirrt den Kopf.

»Du kannst immer eigene Themen mitbringen. Aber ob sich das Thema für einen Artikel eignet und wie groß der Artikel wird, sehen wir dann. Aber das weißt du doch!«

Ich zuckte beschämt mit den Schultern »Ja, ja …«

Themen vorschlagen war hier Alltag und eigentlich so ziemlich der erste Punkt in meiner Jobbeschreibung. Es war so, als würde ein Koch fragen, ob er mal etwas Leckeres kochen soll.

»Ich meine ein wirklich großes Thema ... Ich würde ... Kann ich mal zu was wirklich Großem was schreiben?«

Ich schämte mich für die Dinge, die mich mein alkoholgeschädigtes Hirn sagen ließ. Was tat ich denn da? Ich musste erst die Themen vorschlagen und DANN fragen, ob ich einen Artikel dazu schreiben darf. Ich musste positiv auffallen, nicht danach fragen, ob ich positiv auffallen dürfte. Ich versuchte meinen verkaterten Vorstoß in Richtung Volontariat zu retten:

»Was ich sagen will, ist: Ich möchte wieder mehr Themen vorschlagen und etwas mehr Eigeninitiative zeigen mit Artikeln, die wirklich von mir kommen. Und ich möchte Montag damit anfangen.«

Der Satz hatte mich den letzten Rest meiner Kraft gekostet.

»Okay, gut«, befreite mich Annemarie, »dann sind wir auf deine Themenvorschläge am Montag gespannt.«

Ich schloss meine Augen. Das war ich auch.

Zu Hause begrub ich mich unter der Bettdecke und versuchte meinen Kater zu verschlafen. Vielleicht ließ er mich ja in Ruhe, wenn ich so tat, als wäre ich tot? Nach und nach zerflossen meine Gedanken, und ich fing an, immer tiefer in meine Matratze zu sinken, bis ich ganz von ihr verschluckt wurde. Da klopfte es auf einmal laut an der Tür.

»Timur, bist du da?«

Mein Vater stand vor meinem Zimmer. Ich war noch nicht ganz wach und bat ihn mit den Worten »Mhmm. Mhmmhmm!« höflich darum, wieder zu gehen. Er verstand es aber leider nur als Bekundung von Anwesenheit und kam rein.

»Oh, gut!«, sagte er. »Hier, ich wollte dir deinen Inhalator bringen. Den hast du gestern vergessen mitzunehmen«

Er legte mir das rote Plastikteil auf den Nachttisch.

Ich hatte als Kind Asthma gehabt, aber mein letzter Anfall war bestimmt zehn Jahre her. Und selbst da hatte ich den Inhalator nicht gebraucht, es hatte gereicht, einfach kurz langsamer zu atmen. Ich hatte ihn also nicht vergessen mitzunehmen, sondern mein Vater vergaß einfach seit zehn Jahren, dass ich ihn nicht mehr brauchte. Ich drehte mich verärgert um und hoffte, dass mein Vater jetzt ging.

»Wo ich schon mal hier bin«, sagte er, »ich wollte dich was fragen ...« Er setzte sich auf mein Bett, wodurch sich die Decke unangenehm spannte. Ich warf mich wieder auf die Seite und schaffte es zwar, meine verklebten Augen zu öffnen, sah aber noch nichts. Das Licht floss meine Pupillen hinunter wie

Wasser in einen Abfluss, ohne irgendwo hängen zu bleiben.

»Du sagst ja immer, dass du bald ausziehst ...«

Langsam erkannte ich die Konturen meines Vaters. Seine lange Hakennase, seine großen braunen Augen und sein dünnes Haar. An den wenigen Haaren auf seinem Kopf konnte man abzählen, wie viele Tage er noch bis zur Halbglatze hatte. Trotzdem trug er sie kurz. Er sah mich verlegen an.

»Wahh?«, fragte ich und rieb meine Augen, damit sie endlich ansprangen.

Mein Vater fuhr sich mit der Hand über den Hinterkopf.

»Hast du da schon konkrete Vorstellungen? Und was soll aus deinem Zimmer werden?«

Er neigte den Kopf zur Seite und sah mich an.

»Papa, mir gehts grad nicht so gut, können wir das wann anders besprechen?«, fragte ich. Ich saß mittlerweile aufrecht im Bett und war wieder bei mir. Halbwegs. Mein Vater stand auf.

»Natürlich, natürlich!« Er lief einen kleinen Kreis und kam wieder bei mir an.

»Es ist nur, du sagst das so oft, und ich weiß auch nicht ...«

Ich wurde wütend. Wollte er damit sagen, dass er nicht daran glaubte?

»Was weißt du nicht?«, fragte ich. »Ich ziehe auf jeden Fall bald aus!«

»Gut!«, rief mein Vater, als wäre es ein Befehl.

Jetzt wurde auch er wütend, und ich verstand nicht, warum.

»Und was mache ich dann mit deinem Zimmer«, fragte er, »wenn du es verlässt?«

Er klang wie ein Westernheld, der seinen Text vermasselte: »*Dieses Haus ist zu groß für uns beide.*« Was war das denn bitte für ein Erste-Welt-Problem? Zu viel Wohnraum?

»Ist mir doch egal!«, sagte ich.

Er sah sich um. »Schade, dass es im ersten Stock ist, sonst könnte ich die Wand durchbrechen und das Auto reinstellen.«

Ich konnte es nicht fassen. Das Auto? Mein Vater war Ingenieur und hatte beruflich mit Autos zu tun. Die Firma, in der er arbeitete, entwarf die Autotüren oder die Fenster oder so. Aber das war bloß ein Job, ich hatte nie das Gefühl gehabt, dass er sich auch privat besonders für Autos interessiert hätte. Bis vor einigen Monaten. Dann hatte es angefangen. Autozeitschriften, irgendwelche Messen, die er besuchte, ständiges Gerede von irgendwelchen Modellen. Ich dachte erst, es wäre einfach nur ein neues Hobby. Doch dann hatte er sich vor einigen Monaten einen unfassbar teuren Oldtimer gekauft, und mittlerweile wusste ich, es war eine Obsession. Das Auto war alles, woran er dachte. Dabei fuhr er es nicht einmal wirklich. Stattdessen radelte er jeden Morgen mit seinem

Wasser in einen Abfluss, ohne irgendwo hängen zu bleiben.

»Du sagst ja immer, dass du bald auszieht ...«

Langsam erkannte ich die Konturen meines Vaters. Seine lange Hakennase, seine großen braunen Augen und sein dünnes Haar. An den wenigen Haaren auf seinem Kopf konnte man abzählen, wie viele Tage er noch bis zur Halbglatze hatte. Trotzdem trug er sie kurz. Er sah mich verlegen an.

»Wahh?«, fragte ich und rieb meine Augen, damit sie endlich ansprangen.

Mein Vater fuhr sich mit der Hand über den Hinterkopf.

»Hast du da schon konkrete Vorstellungen? Und was soll aus deinem Zimmer werden?«

Er neigte den Kopf zur Seite und sah mich an.

»Papa, mir gehts grad nicht so gut, können wir das wann anders besprechen?«, fragte ich. Ich saß mittlerweile aufrecht im Bett und war wieder bei mir. Halbwegs. Mein Vater stand auf.

»Natürlich, natürlich!« Er lief einen kleinen Kreis und kam wieder bei mir an.

»Es ist nur, du sagst das so oft, und ich weiß auch nicht ...«

Ich wurde wütend. Wollte er damit sagen, dass er nicht daran glaubte?

»Was weißt du nicht?«, fragte ich. »Ich ziehe auf jeden Fall bald aus!«

»Gut!«, rief mein Vater, als wäre es ein Befehl.

Jetzt wurde auch er wütend, und ich verstand nicht, warum.

»Und was mache ich dann mit deinem Zimmer«, fragte er, »wenn du es verlässt?«

Er klang wie ein Westernheld, der seinen Text vermasselte: *»Dieses Haus ist zu groß für uns beide.«* Was war das denn bitte für ein Erste-Welt-Problem? Zu viel Wohnraum?

»Ist mir doch egal!«, sagte ich.

Er sah sich um. »Schade, dass es im ersten Stock ist, sonst könnte ich die Wand durchbrechen und das Auto reinstellen.«

Ich konnte es nicht fassen. Das Auto? Mein Vater war Ingenieur und hatte beruflich mit Autos zu tun. Die Firma, in der er arbeitete, entwarf die Autotüren oder die Fenster oder so. Aber das war bloß ein Job, ich hatte nie das Gefühl gehabt, dass er sich auch privat besonders für Autos interessiert hätte. Bis vor einigen Monaten. Dann hatte es angefangen. Autozeitschriften, irgendwelche Messen, die er besuchte, ständiges Gerede von irgendwelchen Modellen. Ich dachte erst, es wäre einfach nur ein neues Hobby. Doch dann hatte er sich vor einigen Monaten einen unfassbar teuren Oldtimer gekauft, und mittlerweile wusste ich, es war eine Obsession. Das Auto war alles, woran er dachte. Dabei fuhr er es nicht einmal wirklich. Stattdessen radelte er jeden Morgen mit seinem

Fahrrad zur Arbeit, egal bei welchem Wetter. In den letzten drei Monaten, seitdem der Oldtimer hier war, hatte der Wagen einmal, maximal zweimal etwas anderes gesehen als das Innere unserer Garage. Ich fragte mich was meine Mutter dazu wohl gesagt hätte. Wahrscheinlich nur ein Wort: Scheidung.

»Du willst das Auto INS Haus stellen?«, fragte ich entsetzt. »Merkst du nicht, wie bescheuert das ist?«

»Warum?«, fragte er ebenso entsetzt. »Das machen viele! Hier schau mal ...« Er kramte sein Handy hervor und wollte mir Bilder von Apartments zeigen, in denen ein Auto im Wohnzimmer stand, aber ich winkte energisch ab. Zum Glück verstand mein Vater die Geste und zog das Handy zurück. Wir schwiegen uns kurz an. Vielleicht hätte meine Mutter das auch alles toll gefunden mit dem Auto, und sie wären jetzt beide bei mir im Zimmer und würden mich nerven. In meinem Kopf war sie immer auf meiner Seite, aber wer weiß. Ich konnte mir nicht mal mehr so richtig ins Gedächtnis rufen, wie sie wirklich aussah. Die Konturen verschwammen, *braune Haare, riecht nach so einem Blüten-Parfum, geht in die Kirche mit mir*, mehr kriegte ich ohne Hilfe nicht zusammen. Ihr Bild in meinem Kopf verflüchtigte sich immer mehr. Und weder mein Vater noch ich taten irgendetwas dagegen. Im ganzen Haus hingen vielleicht zwei Fotos von ihr. Nach ihrem Tod war es einfach unausgesprochener Konsens gewesen, dass sie jetzt halt weg war. Bis ich wirklich begriff, was das hieß, war es schon eine Tatsache, die nicht mehr zur Diskussion stand. Mein Vater traf auch keine anderen Frauen mehr, zumindest nicht, dass ich es je mitbekommen hätte. Der Stuhl meiner Mutter war einfach leer. Keine Fragen. Vielleicht würde sie bald sogar nicht mal mehr eine Erinnerung sein, sondern nur noch eine Idee. Eine Vermutung, wer auf diesen Stuhl mal gesessen haben könnte. Also wer weiß, vielleicht hätte meine Mutter, meine echte Mutter, nicht die in meinem Kopf, meinen Vater bei seiner komischen Autophase unterstützt. Egal. Ich tat es nicht. Ich drehte mich wieder zur Seite, zog die Decke hoch und versuchte meinen Vater zu ignorieren.

»Wenn du willst, kann ich das Zimmer auch nach dem Auszug so lassen.«

Ich wusste nicht mehr, was ich wollte oder worum es überhaupt ging. Der Schwindel kam zurück, mein Kopf fing wieder an zu pochen. Warum musste mein Vater ausgerechnet jetzt mein Zimmer verplanen? Warum musste er es überhaupt verplanen? Ich wollte nur noch meine Ruhe.

»Mir ist echt egal, was du später mit dem Zimmer machst«, sagte ich, »aber für jetzt fänd ich gut, wenn du es verlässt.«

Mein Vater hob spielerisch die Arme.

»Okay«, sagte er und holte ein Maßband hervor, »ich schau nur noch kurz, wie tief diese Ecke hier ist. Vielleicht passt hier ja ein Flipperautomat rein?«

Ich wälzte mich wütend unter die Decke, schob meinen Kopf unters Kissen und hielt die Luft an, bis er ging.

Ich schlief nur ein paar Stunden, aber es reichte aus. Mit dem Aufwachen kamen auch meine körperlichen Fähigkeiten zurück. Wie reuige Deserteure schlenderten meine Sinne widerwillig zurück auf ihre Posten, und ich konnte so langsam wieder klar denken. Meine Probleme hatten hingegen durchweg die Stellung gehalten und strahlten mich stolz an. Ich setzte mich an meinen Schreibtisch und überlegte, wie ich sie am besten vertreiben konnte. Was für eine Story brauchte ich, um »positiv aufzufallen«? Ich dachte an Benjamin und seine Geschichte über den verschwundenen Millionär. So was Großes würde ich niemals finden, dafür hatte ich auch gar keine Zeit. Aber es durfte auch nicht noch ein Artikel über Hühnerzüchter sein. Ich notierte mir einen Zeitplan.
- Morgen: Storys sammeln
- Übermorgen: Storys vorschlagen
- Bis Freitag: Artikel schreiben, Benjamin schicken
- Montag: Benjamin zeigt Artikel in der Hauptredaktion und empfiehlt mich
- Dienstag: Weltherrschaft

Die Ordnung beruhigte mich ein wenig. Ich ging meine Kontakte durch und recherchierte über Google noch bis tief in die Nacht nach möglichen Themen und Geschichten. Am Ende hatte ich eine kleine Liste, die ich morgen abarbeiten konnte. Sie war nicht sehr vielversprechend.

»Komm rein!«

Linus hielt mir die Tür auf. Ich zog mir vor dem Eintreten aus Gewohnheit und Höflichkeit die Schuhe aus und bereute es sofort. Der Boden war kalt und dreckig, und selbst Linus trug in seiner eigenen Wohnung Schuhe. Aber jetzt war ich schon drinnen, und die Tür hinter mir war zu. »Wir müssen in den Keller«, sagte Linus und lief voraus. »Hast du Hausschuhe?«, fragte ich, aber mein Satz kam ihm nicht schnell genug hinterher. Ich stellte mich auf meine Zehenspitzen, um der Kälte und dem Dreck so wenig Angriffsfläche wie möglich zu bieten, und stieg die Kellerstufen hinab. Linus war mit mir zur Schule gegangen, und ich wusste von ihm, dass er regelmäßig »Dungeons & Dragons« spielte. Das war ein Rollenspiel, bei dem jeder Spieler einen Charakter entwarf, der gemeinsam mit den anderen Abenteuer erlebte. Das Spiel war vor allem in den USA sehr beliebt, sickerte aber dank der übergriffigen Natur amerikanischer Popkultur langsam bis in deutsche Keller. Ich wollte es der Redaktion am Montag als großen neuen Trend verkaufen und eine Reportage dazu anbieten. Linus hatte mich nach unserem Telefonat gestern direkt eingeladen, mal einer »Sitzung« beizuwohnen. Er spiele jeden Sonntag mit seinen Freunden. Sie waren insgesamt zu sechst, vier davon warteten im Keller auf mich. Der Kellerraum war wesentlich gemütlicher, als ich erwartet hatte. Ein flauschiger Teppich lag auf dem Boden, die Wände waren mit Postern dekoriert, und mitten im Raum stand ein langes, durchgesessenes Sofa. Dort saßen Linus' Freunde und begrüßten mich der Reihe nach.

»Das sind Clara, Jannik, Till und Meltem.«

Ich setzte mich auf einen freien Platz und bekam einen von den Zetteln, die alle vor sich hatten.

»Okay«, sagte Linus, »das ist ein sogenannter Charakter-Chart, da trägst du die Werte deines Charakters ein.«

Der Zettel war voll mit Spalten und Zahlen und sah aus wie die Diplomarbeit eines Maschinenbaustudenten.

»Es ist eigentlich ganz einfach. Du hast Attack- und Defense-Werte, Werte für Geschicklichkeit und Items. Je nachdem, wie du die Punkte verteilst, darfst du unterschiedlich würfeln.«

Linus legte drei verschiedene Würfel auf den Tisch, einer davon hatte sechzehn Seiten. Ich begann so langsam an der Reportage-Tauglichkeit des Spiels zu zweifeln. Bis ich alle Regeln und Abkürzungen verstanden hatte, wären sowohl ich als auch mein »Charakter« längst in Rente. Linus hantierte jetzt mit einem weiteren Set an Würfeln und versuchte mir irgendetwas über die Werte »Glück« und »Mentale Kraft« zu erklären. Ich verstand kein Wort. »Vielleicht«, sagte ich, »spielt ihr einfach mal drauflos, und ich beobachte es ein wenig?« Linus zuckte mit den Schultern.

»Okay, wenn du meinst …«

Clara nahm sich einen Batzen vollgeschriebener Zettel.

»Ich bin der Dungeon-Master«, sagte sie, »der Dungeon-Master leitet das Abenteuer. Er hat keinen Charakter.«

Ein Spielleiter, das verstand ich.

»Wie lange dauert denn eine Runde so ungefähr?«, fragte ich.

»Oh, es gibt keine Runden, man spielt einfach, bis das Abenteuer zu Ende ist«, sagte Linus.

»Okay, und wie lange dauert ein Spiel?«, fragte ich.

»Du meinst ein Abenteuer?«, fragte Linus.

Meltem zuckte mit den Schultern.

»Das ist ganz unterschiedlich, kommt drauf an … Wir spielen zum Beispiel schon seit vier Jahren.«

Ich verschluckte mich an meiner eigenen Spucke.

»Seit vier Jahren? An EINEM Spiel?! Wird das nicht irgendwann langweilig?«

Linus fuhr sich durch die Haare. »Nur wenn man keine Fantasie hat. In dem aktuellen Abenteuer spielen wir zum Beispiel gerade als unsere Charaktere ein anderes Abenteuer.«

Ich senkte meinen Notizblock und gab es auf mitzuschreiben.

»Heißt das, ihr spielt als Charaktere andere Charaktere?!«

Linus nickte: »Genau! Ich würfle aus, was mein Charakter im Spiel für seinen Charakter würfelt. Ein Abenteuer im Abenteuer.«

Meltem winkte ab. »Aber das ist eher außergewöhnlich, normalerweise spielt man einfach nur ein Abenteuer.«

Ich nahm den Notizblock noch einmal hervor.

»Hast du dir das alles notiert?«, fragte mich Linus.

Ich nickte und strich das Thema durch.

»Okay, jetzt zu den Sonderregeln beim Kampf«, sagte Linus, und ich vergrub mein verzweifeltes Gesicht in den Händen.

Nach einer Stunde Dungeons & Dragons waren meine Füße komplett durchgefroren und meine Hoffnung absolut dahin. Ich brach den Besuch vorzeitig ab und flüchtete, da der nächste Bus nach Hause erst in einer halben Stunde kam, einfach zu Fuß. Linus wohnte zu weit von mir entfernt, als dass ich komplett bis nach Hause laufen konnte, aber um wieder etwas Blut in meine vereisten Füße zu bekommen und Zeit totzuschlagen, lief ich bis zur übernächsten Haltestelle.

Es war bereits später Nachmittag, die letzten schwachen Sonnenstrahlen lagen auf der dünn besiedelten Gegend. Ich kam an einigen kahlen Feldern und Ackern vorbei, dann wieder eine Wohngegend. Einfamilienhäuser, »Vorsicht Kinder!«-Schilder, Spielplätze und schließlich die nächste Haltestelle. Ich ließ mich auf einen der drei Plastiksitze fallen und holte noch einmal meine Liste mit Themen hervor. Sie war nicht sonderlich lang. Neben dem »Dungeons & Dragons«-Thema war ich noch der Idee nachgegangen, über das 200-jährige Jubiläum meiner Grundschule zu schreiben. Leider hatte sich rausgestellt, dass das erst nächstes Jahr war, was das Thema unbrauchbar machte. Denn aus irgendeinem Grund eignen sich nur Zahlen mit Null oder fünf am Ende für berichtenswerte Jubiläen, alle anderen Jahre sind komischerweise egal. 25-jähriges Jubiläum? Riesengroß feiern! 26-jähriges? Völlig egal! So will es das Gesetz der menschlichen Wahrnehmung. Ich strich das Thema trotzdem nicht durch, sondern setzte es nur in Klammern. Vorschlagen konnte man es ja. Weitere Themen auf meinem Zettel waren: »Foodsharing«, »Ein Tag im Leben des Bürgermeisters« und »Serienmörder«. Den letzten Punkt hatte ich heute Morgen als Erstes überprüft. Ich war gestern im Internet auf einen Menschen gestoßen, der hier im Wald lebte und auf seinem Blog behauptete, einem Serienmörder auf die Schliche gekommen zu sein. Ich hatte ihn aufgesucht und wollte mehr wissen. Leider stellte sich heraus, dass er von einem »Uhu-

Mörder« sprach, der im Wald angeblich Uhus ermordete. Und eigentlich bisher auch nur einen Uhu. Den der Mann tot im Wald gefunden hatte. In der Nähe eines Fuchsbaus. Ich strich das Thema durch. Der nächste Punkt »Foodsharing« war ein Trend, der sich in Deutschland breitmachte. Es ging darum, an öffentlichen Orten Essen zu hinterlassen, das sich dann andere nehmen konnten. Die Philosophie dahinter war, dass wir als Gesellschaft zu viel produzieren und dass man, statt seine Überproduktion an Essen wegzuwerfen, es lieber anderen anbieten sollte. Ich hatte nur noch keinen einzigen Menschen in Steinfeld gefunden, der Foodsharing betrieb, was das Thema für die Lokalzeitung uninteressant machte. Vielleicht hatte ich aber auch einfach nicht gut genug recherchiert. Ich setzte das Thema ebenfalls in Klammern.

Blieb nur noch der Bürgermeister. Steinfeld hatte seit dreiundzwanzig Jahren (leider kein Jubiläum) denselben Bürgermeister: Johann Besser. Ein Name wie geschaffen für inhaltsleeren Wahlkampf. Seit dreiundzwanzig Jahren zierten ständig halbgare Wortwitze die ganze Stadt. Ich hatte schon alles gesehen: »BESSER für Steinfeld«, »BESSER ist es«, »BESSER wählen«. Letztes Jahr stand auf den Wahlplakaten sogar einfach nur »BESSER ...«. Nach dem Motto »Kommt, denkt euch den Rest«. Wahrscheinlich konnte ich Johann Besser tatsächlich einen Tag lang begleiten, aber ich mochte das Thema nicht. Es würde vielleicht einen süßen kleinen Artikel hergeben, aber keine richtige Story. Vor allem keine Hammer-Story. Kein Themenvorschlag auf meinem Zettel war eine Hammer-Story, denn kein Thema erzählte irgendetwas Neues. Irgendetwas Wichtiges. Meine Story musste was aufdecken, sie musste ein Geheimnis lüften, einen verschwundenen Millionär finden, irgendwas! Ich zerknüllte den Zettel und stopfte ihn in meine Tasche. Was jetzt? Ich stöhnte auf und lehnte mich resigniert zurück, schob meine Gedanken beiseite.

Die Haltestelle lag direkt gegenüber einem Altersheim. Es war ein großes weißes Gebäude mit vielen Fenstern, umgeben von einem großen Garten, der durch niedrige Hecken eingezäunt wurde. Aus jedem dritten Fenster blickte ein faltiges Gesicht und starrte in die Leere. Im Garten saßen auch ein paar Alte. Zwei Frauen hockten auf ihren Rollatoren und schwiegen sich an. Sie wirkten wütend, vermutlich ärgerten sie sich darüber, dass sie sich nichts zu sagen hatten. Ein alter Mann wühlte im Rasen. Vielleicht suchte er nach seinen verlorenen Jahren. Der Mann kam mir irgendwie bekannt vor. Sein Haar war komplett zerzaust, seine Gliedmaßen unproportional lang. Er richtete sich auf, hielt einen Regenwurm hoch und betrachtete ihn, aber ich konnte sein Gesicht nicht sehen. Woher kannte ich den Mann? Plötzlich drehte er sich in meine Richtung und sah mich direkt an. Jetzt wusste ich, wer er war! Es war der wirre Alte vom Kegelclub, der mich auf dem Klo bedrängt hatte. Er sah mich ebenfalls, ließ den Regenwurm fallen und mühte sich panisch zurück ins Altersheim. Anscheinend hatte er mich auch erkannt. Mir war unwohl. Meine Nase erinnerte sich an den säuerlichen Geruch seines Atems. Sein manischer Blick haftete im Geist wieder auf mir. Ich wollte so schnell wie möglich vergessen, dass ich ihn gesehen hatte, aber er ließ mich nicht los. Jetzt erkannte ich auch eine der Frauen auf den Rollatoren. Die Linke hatte ein Kopftuch auf ihrem aschgrauen, lockigen Haar. Es war Annette. *Annette, Annette, sie hat ein Geheimnis*, hallte es in meinem Kopf. Ich tippte nervös mit den Fingern auf meinem Notizblock herum. Ein Geheimnis, ein Geheimnis … Lag da vielleicht eine Story? Etwas, worüber ich schreiben konnte, etwas, das ich aufdecken konnte? Unsinn, dachte ich. Da waren nur ein wirrer alter Mann und eine ruppige alte Frau. Ich schüttelte den Kopf, da lag absolut nichts Berichtenswertes und schon gar keine »Hammer-Story«.

Der Bus hielt vor der Haltestelle und senkte sich ächzend. Sie war bloß eine alte Frau, was könnte sie mir schon erzählen? Vermutlich war ihr Geheimnis, dass ihre Kekse extralecker waren, weil sie mehr Vanillezucker als andere verwendete. Die Bustür ging auf. Absolut nichts, dachte ich noch einmal. Die Tür schloss sich wieder, der Bus fuhr ab. Ich atmete tief durch. Dann stand ich auf und lief auf das Altersheim zu.

5

Annette sah mich schon von Weitem kommen. Ich stöhnte innerlich. Die Idee, sie anzusprechen, hatte keine gute Halbwertszeit, noch bevor ich an der Gartenhecke angekommen war, wurde sie schlecht. Omas liebten die Lokalzeitung. Annette würde mich gleich mit langweiligen Geschichten und Dingen, die ich ihrer Meinung nach in die Zeitung schreiben sollte, volllabern. Und nichts davon würde mich irgendwie weiterbringen.

Die beiden Omas sahen mich an. Was nun?

»Hallo!«, sagte ich vorsichtig.

Annette nickte, die andere Oma fasste sich ans Ohr. »WAS?«, rief sie und drehte an ihrem Hörgerät. Ich beugte mich noch weiter über die Hecke und sprach direkt zu Annette.

»Wir kennen uns«, sagte ich, »mein Name ist Timur Aslan, ich bin Journalist.« Annette musterte mich abschätzig.

»Na ja«, sagte sie, »Lokaljournalist.«

Das kam unerwartet und tat weh.

»Was wollen Sie?«, fragte Annette jetzt.

»Ich, ähh ...«

Annette bekam plötzlich einen Hustenanfall und kramte hektisch ein Taschentuch hervor, in das sie dann auch mit Leib und Seele hineinhustete. Der Husten klang trocken und schmerzhaft. Ich war etwas aus dem Konzept gebracht und stammelte vor mich hin, bis sie sich endlich beruhigte.

»Ich suche nach spannenden Geschichten für die Zeitung«, sagte ich.

Die Oma neben Annette hob aufgeregt die Hand.

»Oh! Ich kann Ihnen eine spannende Geschichte erzählen!«, sagte sie. Ihre Augenlider hingen so weit herunter, dass es aussah, als müssten ihre Augäpfel jeden Moment aus den Höhlen kullern.

»Wirklich?«, fragte ich.

Die Frau brauchte einen Moment, dann sah sie traurig nach unten.

»Nein ...«, sagte sie.

Ich nahm wieder Annette ins Visier. »Vielleicht haben Sie ja etwas, das Sie mir erzählen können, und ich mache einen Artikel daraus, wenn es spannend ist?«

Annette musterte mich.

»Wie zum Beispiel was?«

Ich wurde etwas unsicher. »Ganz egal ... Vielleicht haben Sie ja ein Geheimnis, oder so?«

Annette wurde wütend. »Hat Klaus mich verraten?«

Ich zuckte mit den Schultern und versuchte nonchalant zu wirken.

»Ist Klaus der Mann, der eben nach Regenwürmern gegraben hat?«

Annette nickte.

»Dann ja«, sagte ich.

Annette verschränkte die Arme. »Was hat er erzählt?«

Ich war von ihrem aggressiven Tonfall überrascht. Dieses Gespräch verlief ganz anders als erwartet. Hatte sie etwa wirklich was Spannendes zu verbergen? Deckte ich gerade etwas auf?! Ich versuchte ruhig zu bleiben und tat so, als wüsste ich schon, worum es hier eigentlich ging.

»Wie wäre es, wenn wir eine Runde spazieren gehen und ganz unverbindlich miteinander reden?«, schlug ich vor.

Annette zögerte. »Na gut«, sagte sie schließlich, »wir treffen uns in zehn Minuten vor dem Eingang.«

Nazivergangenheit? Uneheliche Kinder? Ganz sicher Nazivergangenheit! Ich wartete vor dem Eingang des Altersheims und rätselte. Was zur Hölle hatte diese Frau zu verbergen? Und wie bekam ich es aus ihr heraus? Was würde Benjamin jetzt tun? Ich nahm mir vor, es aus ihr herauszubluffen, einfach so lange wie möglich so zu tun, als wüsste ich, worum es ging. Endlich regte sich was, die Tür des Heims ging auf, und Annette kam herausgerollt. Sie hatte sich ein Tuch um den Kopf gewickelt und trug eine dunkle Sonnenbrille, obwohl die Sonne mittlerweile so schwach war, dass sie keinen einzigen Strahl mehr durch die Wolken bekam. In der Montur sah sie aus wie eine Prominente, die im Urlaub nicht erkannt werden will. Sie blieb vor der Tür stehen. »Schieb mich!«, befahl sie.

Ich schob.

In ihrem Schoß lag ein dicker Umschlag, sie hielt ihn fest bei sich. Was da wohl drin war?

»Hast du schon mit irgendwem gesprochen?«

»Worüber?«, fragte ich.

Annette grunzte als Antwort nur abschätzig.

»Schieb mich zur Currywurstbude die Straße runter«, sagte sie schließlich, »da hinter dem Lidl-Parkplatz. Ich möchte mal wieder was Richtiges essen. Das Essen im Heim schmeckt nach Pappe. Ich glaube, sie geben uns den Fraß, damit wir uns auf den Tod freuen.«

Ich nickte und schob weiter. Lass sie so viel reden wie möglich, dachte ich. Die Sonne war fast komplett hinter den Horizont gefallen, der Wind wurde eisig. Wir bogen in den Lidl-Parkplatz ein, in der hinteren Ecke befand sich eine Currywurstbude. Wir waren die einzigen Kunden. Vor der Bude stand ein kleiner Tisch, an dem ich Annette mit ihrem Rollstuhl wie einen Tetrisstein platzierte.

»Ich hätte gerne eine Mantaplatte«, sagte sie.

Ich gab die Bestellung in zweifacher Ausführung weiter und setzte mich zu ihr. Sie hatte den Umschlag in ihre Jacke gestopft und lehnte sich so gut es ging in ihrem Rollstuhl zurück. Sie sah zufrieden aus und starrte mit ihrer Sonnenbrille in den Himmel, so als würde sie sich sonnen, nur dass keine Sonne da war. Ich wusste nicht so recht, was ich sagen sollte.

»Weißt du«, sagte Annette nach einiger Zeit, »ich hätte nicht gedacht, dass es so langweilig wird.«

»Was genau?«

»Sterben.«

Ich musste unfreiwillig lachen. Auch Annette lachte ein wenig.

»Ich dachte, ich setze mich ins Altersheim, hab ein bisschen meine Ruhe, ein bisschen Gesellschaft, und dann rafft es mich dahin. Aber nein, es zieht sich! Und Abwechslung gibt es auch keine!« Sie fing an zu schimpfen. »Ich dachte, man kann sich da ein bisschen unterhalten oder Schach spielen, aber nichts da, die Menschen im Heim ... die meisten sind schon zu weit ... weg vom Leben. Weißt du, was ich meine?«

Ich wusste es nicht ganz, aber ich nickte. Unsere Mantaplatten kamen. Annette hustete noch einmal in ihr Taschentuch und stürzte sich dann auf ihr Essen.

»Letztens meinte eine im Heim zu mir, sie schafft es nicht mehr, die Uhr zu lesen. Sie bekommt es einfach nicht mehr hin. Stell dir das mal vor! Dein Leben lang hast du die Uhr gelesen, als wäre es nichts, und plötzlich schaust du auf die Zeiger, und dein Kopf rafft einfach nicht mehr, was das bedeuten soll! Plötzlich ist etwas so Selbstverständliches einfach ... weg.« Sie schmatzte beim Essen. »Aber das ist noch gar nichts. Es gibt 'ne eigene Station für Demente. Erdgeschoss, hinter verriegelter Tür. Damit die nicht abhauen. Die Armen. Ich wollte es mal sehen, man hat mich reingelassen. Da war eine, die hieß Mathilda, hat die ganze Zeit gefragt, wann ihr Vater sie endlich abholt. Sie wolle nach Hause. Ständig hat sie gefragt: Wann kommt mein Papa? Wann kommt mein Papa? Ich möchte nach Hause! Nur, leider, ihr Vater ist seit fünfzig Jahren tot. Das macht einen richtig fertig.«

Sie legte ihr Besteck ins Essen, von dem sie nur ein paar Stück Wurst und kaum eine Pommes gegessen hatte. »Ich kann nicht mehr.«

Ich legte mein Besteck auch beiseite.

»Manche von den ganz Alten beschweren sich auch darüber, dass ihre Kinder sie nie besuchen«, sagte sie, »dabei waren die Kinder gerade eben erst da. Sie haben es nur einfach schon wieder vergessen. Es ist ... es zieht einen runter, so was. Ich hab's einfach unterschätzt. Keine Familie steckt jemanden gerne ins Altersheim. Die Menschen, die da sind, die haben schon ... da ist schon einiges zu Hause passiert, bis es so weit kam.«

Ich überlegte kurz, sie darauf hinzuweisen, dass auch sie im Altersheim lebte, ließ es aber dann.

»Wollen wir über Ihr Geheimnis reden?«, fragte ich.
»Welches Geheimnis?«, fragte Annette.

Ich suchte nach den richtigen Worten, aber mir fiel nichts ein, ich war irgendwie entwaffnet. Annette grinste. »Du weißt gar nichts«, sagte sie.

Mist, dachte ich, die ist gar nicht so senil, wie sie aussieht.

»Wie alt bist du?«, fragte Annette. »Vierzehn?«

»Ungefähr«, sagte ich.

»Warum will ein ungefähr vierzehnjähriger Lokaljournalist mein Geheimnis aufdecken?«

Aha. Also hatte sie tatsächlich eines.

»Weil das mein Job ist«, sagte ich »und weil ich das Volontariat bekomme, wenn ich meinen Job gut mache.«

Annette richtete ihre Brille.

»Das Volontariat also. Und dann? Was passiert dann?«

Ich grinste. »Dann kann ich endlich richtigen Journalismus machen, zu bedeutungsvollen Dingen. Und muss alten Frauen keine Mantaplatten mehr ausgeben, damit sie mir erzählen, was die Geheimzutat in ihren Plätzchen ist oder was auch immer Sie mir nicht erzählen wollen.«

Annette lachte. Das Lachen ging in Husten über, das Husten in Keuchen. Sie hielt sich das Taschentuch vor den Mund, als würde sie versuchen, sich selbst zu ersticken. Ganz langsam erholte sie sich. »Glaub mir«, sagte sie, »egal wie viele Volontariate, egal welche Stadt, wenn du so denkst, wirst du nie irgendwo ankommen. Es wird sich immer so anfühlen, als müsstest du was Bedeutungsvolleres machen, als müsstest du irgendwohin, irgendwie weiter, aber es gibt kein *Weiter*, es gibt kein *Da*, bei dem du ankommen kannst.«

»Danke, Frau Dalai Lama«, sagte ich.

Annette kicherte und tippte nervös auf dem Tisch herum.

»Ich bin alt«, sagte sie plötzlich, »eine alte Frau im Körper einer noch älteren Frau.« Sie sah mich mit ihrer dicken Sonnenbrille an. »Aber ich habe mehr Zeit, als ich dachte. Also, was hältst du von einem Geschäft? Einem Deal.«

»Einem Deal?«

»Ja. Ich biete dir eine Geschichte über mich an, die du zu 'nem Artikel verwursten kannst, der dir ganz bestimmt eine Beförderung einbringt. Und dafür schiebst du mich noch ein paarmal herum.«

Ich zuckte mit den Schultern.

»Das kommt ganz darauf an, was das für eine Geschichte ist«, sagte ich.

»Eine gute,« sagte Annette und lehnte sich vor. »Ich habe den Dosenöffner erfunden.«

6

Annette hatte mir bei unserem ersten Treffen nicht viel mehr erzählt. Nur ihren Nachnamen, Wagner (»wie der Komponist«), dass sie im Altersheim im Zimmer 16 lebte (»klein und stickig«) und dass sie den Dosenöffner erfunden hatte (»Guck nicht so doof, das stimmt!«). Mehr wollte sie mir erst später verraten, wenn ich mich dazu entschloss, den Artikel zu schreiben. Ich fand es total abstrus und verstand nicht, warum das ein Geheimnis sein sollte. Ich hatte das Thema am nächsten Tag trotzdem in der Redaktionskonferenz vorgestellt, und alle waren beeindruckt gewesen.

»Wenn das stimmt, dann ist das 'ne Hammer-Story«, hatte Walter gesagt, und ich hatte mich bei dem Stichwort vor Freude beinahe eingenässt. Jetzt musste es nur noch stimmen. Ich recherchierte im Internet und fand eine ganze Menge zum Dosenöffner. Von einer Annette war aber nirgends die Rede. Ich nahm mir vor, sie direkt noch heute Abend anzurufen, um ein Interview auszumachen.

Als ich von der Arbeit nach Hause kam, saß mein

Vater in der Küche. Er aß Fleischspieße auf Reis aus einem weißen Styroporbehälter.

»Hi!«, schmatzte er mir zu und deutete auf die weiße Plastiktüte vor sich. »Hab dir auch was mitgebracht.«

Ich setzte mich zu ihm und wühlte einen Döner aus der Tüte, die womöglich bald ein Delfin unfreiwillig als Halsschmuck tragen würde. Wir hatten schon lange nicht mehr gemeinsam gegessen. Annette konnte auch noch ein wenig warten. Mein Vater und ich kauten uns ein paar Sekunden an, ohne zu wissen, wie wir ein Gespräch starten sollten.

»Was glaubst du, wie viele Jahre nach der Dose der Dosenöffner erfunden wurde«, fragte ich schließlich, um mit meinem neu gewonnenen Wissen etwas anzugeben. Papa hackte in seinem Reis herum.

»Der Dosenöffner wurde erst Jahre nach der Dose erfunden?!«, fragte er.

Ich nickte. »Jap.«

Mein Vater überlegte.

»Drei?«

Ich schüttelte den Kopf.

»Fünf?«

Ich schüttelte wieder den Kopf.

»Einmal raten darfst du noch«, sagte ich.

»Zehn!«

»Nein«, sagte ich. »Fünfundvierzig.«

Papa hörte auf in seinen Reis zu hacken.

»Fünfundvierzig?!«

Ich nickte und biss in meinen Döner. Die Hälfte des Salats floh sofort aus dem Brot auf die ausgebreitete Tüte auf dem Tisch.

»Fünfundvierzig Jahre?!«, wiederholte mein Vater wieder. »Aber schon Menschenjahre?«

Ich lachte.

»Die Dose wurde 1810 erfunden«, sagte ich, »der Dosenöffner 1855. Also fünfundvierzig Menschenjahre später.«

»Und wie hat man dann vorher Dosen aufgemacht?!«

»Umständlich. Mit Hammer und Meißel oder Messer, manchmal hat man sie sogar aufgeschossen. Aber daran müsstest du dich doch erinnern. Du bist doch so alt.«

Papa warf mit gespielter Empörung die Küchenrolle nach mir. Ich nahm sie dankbar an. Mein Döner zerfiel immer weiter. Mein Vater schüttelte amüsiert den Kopf.

»Fünfundvierzig Jahre lang haben Menschen mit 'nem Meißel gegen die Dose gehämmert, bis irgendjemand auf die Idee kam zu sagen: Das geht doch bestimmt auch einfacher?«

Ich zuckte mit den Schultern.

»Vielleicht machen wir ja auch schon seit Jahrzehnten ein paar Dinge viel zu umständlich, ohne es zu merken«, sagte ich. »Vielleicht kommt bald jemand und erfindet einen Schuhezubinder, und dann hauen wir uns auf die Stirn und sagen: Oh mein Gott, ich kann nicht fassen, dass wir uns hundert Jahre lang die Schuhe selbst zugebunden haben.«

Papa musste lachen. Ich lachte mit.

Wir hatten schon lange nicht mehr gemeinsam gelacht. Es war schön.

»Ich sitze für die Zeitung gerade an einem Artikel zum Dosenöffner«, sagte ich. »Eine alte Frau hier aus dem Dorf behauptet, den erfunden zu haben.«

Mein Vater kratzte sich seine große Nase.

»Entweder ist sie dann wirklich SEHR alt, oder sie lügt«, sagt er.

»Na ja«, sagte ich, »wahrscheinlich hat sie nur ein Dosenöffner-Modell erfunden, nicht den ursprünglichen Dosenöffner.«

Mein Papa war nicht überzeugt.

»Bist du dir sicher, dass die Frau nicht einfach verrückt ist? Ich meine, nur weil sie dir das erzählt ... alte Frauen erzählen viel.«

Ich rollte mit den Augen.

»Ich werde natürlich alles gegenchecken. Beweise verlangen, Fakten überprüfen, Journalismus halt.«

Mein Döner war mittlerweile komplett zerfallen, seine Eingeweide lagen vor mir, und das Fett klebte wie Blut an meinen Händen. Ich hatte das arme Essen ermordet.

»Klingt spannend«, sagte Papa und meinte es nicht so.

»Hey«, sagte ich »für die Lokalzeitung ist das Gold.

Der Dosenöffner wurde von einer Frau erfunden, die hier aus dem Kaff kommt, die lieben das. Und ich habe es rausgefunden. Dafür kriege ich ganz sicher das Volontariat!«

Mein Vater wurde ruhig. Er schob sich das letzte Stück Fleisch in den Mund und schaute betreten zum Kühlschrank.

»Wann geht dieses Volontariat noch mal los?«

Ich griff zur Gabel und hackte den traurigen Rest des Döners vom Teller.

»In ein paar Monaten. Ich sollte echt mal anfangen mir eine Wohnung in der Stadt zu suchen ...«

Papa räumte seinen Essensmüll in die Plastiktüte.

»Warum willst du eigentlich so schnell hier weg?«, fragte er vorwurfsvoll.

»Schnell? Papa, ich bin zwanzig. Wann bist du denn damals ausgezogen?«

»Ja, ja. Stimmt. Sorry.« Er stand auf und schmiss die Tüte in den Mülleimer. Dann ging er. Warum?

»Warum gehst du denn jetzt?«, fragte ich.

Er zeigte in Richtung Garage.

»Ich muss noch das Verdeck am Auto anbringen. Ist grad zu kalt für ein Cabrio.«

Das Auto? Das fucking Auto?

Mein Vater ging, ich zerkaute den letzten Rest Döner und packte wütend meinen Müll zusammen. Was sollte denn das? Erst beschwerte er sich, dass ich ausziehen wollte, und dann haute er ab, wenn wir Zeit miteinander verbringen könnten. Das Auto, das Auto. Was für ein Arsch, dachte ich. Heimlich freut er sich doch, dass er mein Zimmer umbauen kann, heimlich freute er sich, dass er endlich mit seinem Wagen alleine wohnen würde. Wenn wir Zeit miteinander verbrachten, dann nur noch zufällig. Immer dann, wenn er gerade Pause vom Auto machte. Egal, soll er doch, soll er doch machen, was er will, wenn er sein Auto so sehr liebt, ich hoffe nur, die beiden verhüten, dachte ich. Ich stampfte in mein Zimmer.

Dort schmiss ich mich aufs Bett und kramte mein Handy hervor. Mein voller Magen drückte. Ich wählte die Nummer, die mir Annette gegeben hatte, um mit ihr einen Termin für das Interview auszumachen. Am besten morgen, am besten sofort. Es klingelte, einmal, zweimal, siebenmal, dann Mailbox. Urgh! Ich setzte meine Mailboxstimme auf.

»Hi, hier ist Timur Aslan. Vom Westfälischen Kurier. Ich habe mit der Redaktion gesprochen und grünes Licht bekommen. Ich würde Sie sehr gerne interviewen und mehr darüber erfahren, wie Sie den Dosenöffner erfunden haben. Rufen Sie mich doch bitte zurück, dann kann ich Sie wieder herumschieben, und Sie können erzählen.«

Und jetzt? Ich hatte noch das Handy in der Hand und öffnete aus Reflex Instagram. Dann Twitter, dann Facebook. Einmal kurz gucken, was alle machten. Özlem, Flo und der Rest. Sie hatten anscheinend immer noch ein viel geileres Leben als ich. O. k. Ich schaltete den Fernseher ein und stöberte ebenso ziellos durch Netflix. Mir wurden einige Filme vorgeschlagen, aber einen ganzen Film zu gucken, dauerte mir jetzt zu lange. Dann lieber eine Serie, das war immer kürzer, egal wie viele Folgen man am Stück guckte. Wieder so ein Gesetz der menschlichen Wahrnehmung: Sechs Stunden lang eine Serie zu gucken, ist kürzer, als zwei Stunden lang einen Film. Bei Serien verhält sich Zeit nämlich anders. Ich überflog, was die Kategorie »amerikanische Comedy« so im Angebot hatte. Anscheinend hauptsächlich Sitcoms. Auf jedem Vorschaubild sah mich jemand verstohlen an. Meistens ein Mann, manchmal eine Frau und manchmal eine Gruppe. Sie alle bauten Mist, Folge für Folge, und dann wurde doch alles wieder gut, Folge für Folge. Das war immer das Ende: Alles wird gut. Egal, ob Film oder Serie: Der Underdog kriegt die Frau, die Freunde vertragen sich wieder, die Liebenden finden erneut zusammen, die Versager-Mannschaft gewinnt den Pokal, das Problem wird gelöst, ENDE. Das Schlussbild, die natürliche Lösung aller Probleme und das ewige Glück. Ich hoffte, dass auch mein persönlicher Film endlich losging. Dass in meinem Leben endlich was passierte und ich mein Finale erreichte: Der Loser schafft es aus der Kleinstadt raus und bekommt den Job. ENDE.

Ich verwarf die Idee, mir was anzuschauen, und

checkte mein Handy. Immer noch keine Nachricht von Annette. Langsam wurde ich nervös. Hoffentlich war Annette nicht verstorben und hatte schneller als erwartet ihr Ende gefunden, sozusagen. Was dann? Vielleicht konnte sie aber auch einfach ihr Handy nicht bedienen.

Ich googelte das Altersheim, fand die Telefonnummer und drückte, ohne groß nachzudenken, auf »wählen«. Nach nur dreimal Tuten knackste es, und eine Stimme meldete sich.

»Altenpflegezentrum Borkheim, Frau Lingenfeld hier, guten Abend!« Ihre Stimme klang so fröhlich, dass es beinahe obszön war.

»Guten Abend!«, sagte ich. »Mein Name ist Timur Aslan, ich schreibe für den Westfälischen Kurier und hatte mich heute eigentlich für ein Telefonat mit einer ihrer … ähhh … Bewohnerinnen verabredet, aber sie geht nicht an ihr Handy …«

Frau Lingenfeld kicherte. »Alte Menschen und Handys, Sie wissen ja, wie das ist! Ich schaue mal nach ihr. Sagen Sie mir noch schnell den Namen oder die Zimmernummer?«

»Ihr Name ist Annette Wagner«, antwortete ich. »Zimmernummer 16«.

Frau Lingenfeld wurde still. Sie atmete in den Hörer, setzte mehrmals an, etwas zu sagen, brach dann aber ab und atmete den verworfenen Satz einfach nur wortlos aus.

»Hallo?«

Frau Lingenfeld räusperte sich.

»Worum genau geht es?«

Sie klang etwas überfordert. Beinahe panisch.

»Nun, ich ...«

»Wir haben hier niemanden mit dem Namen Annette Wagner! Und es wohnt auch niemand in Zimmer 16! Bitte rufen Sie nicht mehr an!«

Klick! Aufgelegt.

Was. Zur. Hölle?

Bevor ich mir mehr als einen halben Gedanken darüber machen konnte, was da gerade passiert war, klingelte mein Handy. Diesmal meldete sich eine kratzige Stimme, die ich schon kannte.

»Hier ist Annette!«, sagte sie. »Habe deinen Anruf verpasst.«

»Frau Wagner!«, rief ich erleichtert. »Ich habe eben mit dem Altersheim telefoniert, und die meinten, sie haben niemanden in Zimmer 16, der Annette Wagner heißt. Die meinten, die haben generell niemanden, der Annette Wagner heißt.«

Annette murmelte etwas Undeutliches, es klang verärgert.

»Hast du mit der Lingenfeld gesprochen?«

»Ja.«

»Die ist ein bisschen verwirrt. Vergiss, was die gesagt hat, ich rede mit der. Ignorier es einfach.«

Ich zögerte kurz.

Annette atmete schwer und laut. Vermutlich tat sie das immer, aber übers Telefon fiel es besonders auf.

»Schreibst du jetzt den Artikel oder nicht?«

Ich entschloss mich, ihrer Anweisung Folge zu leisten und Frau Lingenfeld zu ignorieren.

»Ja«, sagte ich, »ich möchte den Artikel über Sie schreiben.«

»Gut«, sagte Annette, »und unser Deal steht noch?«

»Deal?«

»Na, ich erzähle dir, was du brauchst, wenn du mich vorher herumschiebst. Wohin ich will.«

»Ach so. Ja, klar.«

»Gut. Gut. Dann kannst du jetzt aufhören mich zu siezen, und wir treffen uns morgen Abend vor der Discothek Metropol. Ich will, dass du mich in die Disco schiebst.«

Sie wollte mit mir in die Disco?

»Was? Warum?«

»Na weil das Sie total unbeholfen klingt. Wir kennen uns ja jetzt, und ich duze dich schon, seitdem wir zusammen Currywurst gegessen haben.«

»Nein, ich meine, warum treffen wir uns vor dem Club?«

»Ach so. Weil ich reinwill. Möchte sehen, wie es im Metropol jetzt so ausschaut. Bis später!«

Mit den Worten legte sie auf.

Morgen war Dienstag. Wahrscheinlich war im Metropol nicht so viel los wie am Wochenende. Trotzdem würde ich sie nie im Leben da reinbekommen, ich bekam mich ja nicht mal selbst rein. Was wollte sie dort überhaupt? Feiern? So langsam fing ich an, an der ganzen Sache zu zweifeln.

7

Es gibt viele mögliche Gründe, warum man vom Türsteher nicht in den Club gelassen werden kann. Es kann daran liegen, dass man die falschen Schuhe anhat oder dass man die falsche Stimmung ausstrahlt, oder manchmal einfach nur daran, dass der Türsteher gerade einen miesen Moment hat und ein wenig von der Macht spüren will, die er besitzt. Ein weiterer Grund könnte sein, dass man eine siebzigjährige Oma ist. Das wäre sogar ein sehr, sehr guter Grund.

Der Bus schmatzte wieder durch die Gegend, und draußen zog erneut spärlich beleuchtete Ödnis vorbei. Ich ging fest davon aus, dass wir nicht in den Club reinkommen würden. Aber den Deal hätte ich dann ja immer noch eingehalten. War ja nicht meine Schuld, dass wir nicht da reinkamen, wo sie hingeschoben werden wollte. Darum hatte ich mir bisher eigentlich keine Sorgen gemacht, aber jetzt kurz vor unserer Verabredung wurde ich doch etwas nervös. Was, wenn sie wirklich fest davon ausging, dass ich sie irgendwie an den Türstehern vorbei bekommen könnte? Was, wenn sie sich ansonsten weigerte, mit mir zu sprechen? Ich trommelte unruhig auf meinem Oberschenkeln herum. Konnte ich es denn irgendwie schaffen? Vielleicht, wenn wir auf der Gästeliste stehen würden, dachte ich, dann hätte der Türsteher doch gar kein Recht, uns abzuweisen, oder? Ich griff zum Handy und drückte auf den Kontakt »Benjamin«. Es klingelte nur kurz, er ging sofort dran.

»Hi!«, sagte ich. »Hier ist Timur. Du, ich ...«

»Timur! Was geht, Mann, was geht?«

»Ich bin grad an einer Geschichte dran. Für die Zeitung. Und ...«

»Mega, was ist es? Ich bin grad auch an was dran. Ist streng geheim, aber so ein Millionär aus der Gegend ist einfach verschwunden!«

»Ja, hast du erzählt. Du, ich brauche einen Gefallen ...«

»Wie gesagt, das ist streng geheim! Aber ich bin da über Quellen drangekommen. Man dachte erst, Entführung, darum durfte das nicht an die Presse. Aber es haben sich keine Entführer gemeldet. Jetzt soll es bald 'ne öffentliche Fahndung geben mit Bildern und so, das wird richtig groß. Und ich schreib dann den Artikel! Wahrscheinlich als Erster!«

»Ja, super«, sagte ich etwas zu genervt. »Ich treffe mich für eine Story gleich mit einer alten Frau, die behauptet, den Dosenöffner erfunden zu haben.«

Benjamin lachte.

»Is doch geil«, sagte er.

»Die Frau will aber mit mir ins Metropol gehen, vorher redet sie nicht mit mir. Kannst du mich da irgendwie plus eins auf die Gästeliste setzen, damit wir reinkommen? Die Frau ist über siebzig.«

Benjamin lachte wieder und hörte diesmal gar nicht mehr auf. Ich kam mir vor wie ein Idiot.

»Ihr wollt zusammen feiern gehen? Im Metro?«

Ich wusste nicht, was ich sagen sollte. Benjamin kriegte sich langsam wieder ein.

»Ja, Mann, ja. Ich lass meine Kontakte spielen, ihr kommt schon rein. Und danach musst du mir erzählen, wie es war.«

Ich war erleichtert.

»Danke!«

»Alles klar«, sagte Benjamin.

»Das mit der Empfehlung steht doch noch? Fürs Volo?«, fragte ich, aber Benjamin hatte schon aufgelegt.

Annette wartete wie angekündigt gegenüber vom Metropol. Sie saß in ihrem Rollstuhl und starrte eine McDonald's-Filiale an. Sie trug wieder Kopftuch und Sonnenbrille, obwohl die Nacht schon längst ihre Dunkelheit über die Stadt geworfen hatte. Ich ging vorsichtig auf sie zu.

»Annette? Da bin ich.«

Sie hatte eine Dose mit Tablette in der Hand, die sie rasselnd wegsteckte.

»Gut«, sagte sie, »schieb.«

Ich griff den Rollstuhl und fuhr in Richtung Clubeingang. Es hatte sich bereits eine kleine Schlange gebildet. Hauptsächlich sehr junge Menschen. Kurze Röcke, enge Hemden und offene Jacken mit sehr viel Fell. Je näher wir kamen, desto mehr Partygänger bemerkten uns. Ein paar Jungs schubsten sich gegenseitig und zeigten auf uns. Sie lachten: »Die Alte will auch feiern gehen, haha!« Sie hielten es für einen Witz. Aber als ich mich mit Annette dann wirklich in die Schlange stellte, verstummten sie sofort.

Aus irgendeinem Grund wurden alle durch unsere Anwesenheit nervös. Eine alte Frau vor dem Club? Das passte nicht. Da war ein Fehler im System. Als würde man Erdbeeren mit Senf statt mit Sahne essen. Technisch gesehen war es erlaubt, aber irgendwie war es falsch. Direkt vor uns in der Schlange standen zwei groß gewachsene, durchtrainierte Typen. Ihre kurzgeschorenen Haare ließen ihre wulstigen Köpfe aussehen, als würden sie an den Seiten schimmeln. Einer drehte sich zu uns um.

»Entschuldigung«, sagte er, »aber zum Friedhof geht es da entlang.« Sein Freund lachte. Annette verzog keine Miene

»Danke«, sagte sie, »und zum Puff da lang.« Die beiden hörten auf zu lachen. Annette grunzte spöttisch.

Sie drehte sich zu mir und deutete auf die beiden.

»Mehr Steroide im Körper als Hirn.«

Sie wollte noch mehr sagen, wurde aber von ihrem eigenen Husten unterbrochen. Bei den beiden Muskelbergen machte sich komplette Überforderung breit, sie kochten vor Wut, konnten es aber nicht an einer alten, hustenden Frau auslassen. Der Größere zeigte auf mich, als wollte er mich mit seinem Zeigefinger erstechen.

»Pass auf, was deine Oma sagt!«

Ich hob entschuldigend die Hände. Mir hingen hundert gemeine Sprüche hinter den Lippen, aber ich ließ keinen einzigen durch. Schließlich war ich keine hilflose Oma, ich konnte mir für meine Bemerkungen eine Faust im Gesicht einfangen. Die beiden drehten sich wieder um. Annette lachte mich leise an. »Irgendwie tun sie mir ja auch leid.« Dann hustete sie wieder, aber diesmal schien sie Spaß dabei zu haben.

Die Schlange rückte langsam vor. Die beiden Muskelprotze wurden von den Türstehern abgewiesen. Es gab ein wenig Gezanke, Beleidigungen wurden gezischt, aber dann zogen sie ab. Wir waren an der Reihe. Ich war nervös.

»Wir müssten auf der Gästeliste stehen«, sagte ich, »Timur Aslan.« Die Türsteher betrachteten Annette wie ein spannendes Kunstexponat. Fasziniert, aber unsicher, was es bedeuten soll. Einer der Sicherheitsmänner ging die Liste durch, schon zum zweiten Mal

»Bist nicht drauf, sorry!«

Ich wollte geschlagen abziehen, am liebsten sofort verschwinden, aber Annette rollte auf den Türsteher zu.

»Plan B«, sagte sie und holte diskret ein Bündel Geldscheine hervor.

»Das sind tausend Euro. Teilt euch das, ich will nur kurz rein und mal gucken.«

Die Türsteher sahen sich ratlos an. Auch ich war verblüfft. Annette sah zu mir rüber. »Das letzte Hemd hat keine Taschen«, erklärte sie vergnügt.

Einer der Türsteher steckte das Geld schließlich ein. Dann zeigte er auf Annettes Rollstuhl. »Damit kommst du die Treppen aber nicht hoch.« Annette drehte sich zu mir.

»Dafür habe ich den da mitgebracht.« Sie stand zitternd aus ihrem Rollstuhl auf. Ich hastete zu ihr und stützte sie, wie ein menschlicher Gehstock. Der Rollstuhl wurde zur Seite geräumt. Und dann gingen wir einfach rein.

Der Bass drang bereits auf den Treppen bis zu uns durch. Annette stellte genervt ihr Hörgerät ab. »Schneller!«, drängte sie. Ihre Finger krallten sich in meinen Arm, ihr ganzes Gewicht lastete in dem Griff, aber ich hielt stand und hievte sie Stufe für Stufe hoch, bis wir oben ankamen.

Ich war vom Anblick des Clubs etwas enttäuscht. Das Metropol sah nicht großartig anders aus als alle anderen Diskotheken. DJ-Pult, Tanzfläche, Bar, abgesperrter Bereich für Raucher. Es erschien mir nur etwas sauberer als die Clubs, in denen ich sonst feierte. Und die Decken waren höher. Die Tanzfläche war ziemlich spärlich besiedelt, wurde aber voll und ganz ausgenutzt. Lange Haare flogen im Takt hin und her, Muskeln zuckten wie Metronome. Die Schönen und Reichen, dachte ich. Annette zog an mir. Sie war völlig außer Atem. »Weiter. Lass uns hoch!«, rief sie. Neben der Tanzfläche gab es einen weiteren Treppenaufgang. Er war abgesperrt, aber Annette ließ sich nicht beirren. Sie zog mich hinter die Absperrung, und ich stemmte sie die Treppe hoch. Die zweite Etage lag wie ein großer Balkon über der ersten. In der Mitte war ein großes Loch, und man konnte hinunter auf die Köpfe der Tanzenden schauen. Annette kämpfte sich ans Geländer und sah hinunter, als würde sie auf etwas warten. Ich schaute mich ein wenig um, aber es gab nicht viel zu sehen. Die Bar hier war unbesetzt, es war dunkel, die vielen Lounges waren leer, die Etage hatte geschlossen. Unten fand ganz normal die Party statt. Menschen tanzten, schwitzten, knutschten.

Nach einigen Minuten drehte sich Annette wieder zu mir. »Okay, lass uns gehen.« Was auch immer es war, auf das sie gewartet hatte, es war anscheinend nicht gekommen. Sie hakte sich wieder bei mir ein, und ich half ihr nach draußen.

Wir setzten uns in den McDonald's gegenüber, jeder mit einem Eis vor sich. Annette war ungewohnt still. Hinter uns surrten irgendwelche Geräte in der Küche, und ab und an piepste es, weil irgendetwas fertig frittiert war. Am Nebentisch saßen pubertierende Mädchen, die ihre Pommes ganz vorsichtig, mit zu Pinzetten verengten Fingern einzeln und Bissen für Bissen aßen, um ja nicht das Make-up zu verwischen. Drei Jungs saßen ein paar Tische weiter und stopften sich ihre Burger, ohne zu kauen, ins Maul, um den Alkoholbrand zu löschen, den sie beim Versuch, ihre Unsicherheit zu ertränken, in sich entfacht hatten. Das Licht war viel zu grell, die Sitze waren steinhart, und überall surrte und schmatzte und stank es. Aber Annette schien das alles nicht zu stören. Sie starrte auf ihr Eis, das ganz langsam schmolz.

»Was genau hast du eben im Club gesucht?«, fragte ich.

Annette zuckte mit den Schultern. Sie wirkte irgendwie entmutigt.

»Weiß nicht. Wollte mal schauen.«

Sie fing an in ihrem Eis herumzustochern.

»Ich hatte einfach gedacht, das hier lässt mich irgendwie mehr fühlen«, sagte sie.

»Was?«

Sie sah mich an. »Na, noch mal hier zu sein. In der alten Heimat zu sein und noch mal alles von früher zu sehen. Ich dachte, das fühlt sich an wie ...

Ich dachte, es fühlt sich nach irgendwas an. Tut es aber nicht.«

Ich schleckte ein wenig an meinem Eis, eine bessere Antwort wusste ich nicht.

»Meine Mutter hatte hier früher eine Bar«, sagte Annette. »Hier, wo wir gerade sitzen. Da sind immer Leute hingekommen, bevor sie gegenüber feiern gegangen sind.«

»Hier?«, fragte ich. »Wie traurig, dass es jetzt ein McDonald's ist.«

Ich erntete wieder ein gleichgültiges Schulterzucken. »Früher kamen die Leute hier rein, um vor dem Feiern was zu trinken, heute kommen sie, um nach dem Feiern was zu essen. So großartig anders isses auch nicht.«

Mein Eis schmeckte so süß, dass mir die Zähne schmerzten. Ich schob es beiseite.

»Die Diskothek sieht fast noch genauso aus wie früher«, meinte Annette. »Ich dachte, wenn ich die noch mal sehe, noch mal drinnen bin, dann spür ich was. Aber nichts. Kein Gefühl von ...« Sie suchte nach dem richtigen Wort, fand es aber einfach nicht.

Ich dachte an heute Nachmittag zurück, als ich mir vorgestellt hatte, mein Leben wäre ein Film, der noch nicht losgegangen ist. Ich dachte an das Gefühl zurück, das jeder Film vermittelt, wenn die Geschichte bei ihrem natürlichen Ende ankommt. War es das, was sie meinte?

»Ein Gefühl von Abschluss?«, fragte ich Annette.
Sie nickte.

»Ja. Kein Gefühl von Abschluss bekommen. Nur Ohrenschmerzen.«

Wir schwiegen uns wieder ein wenig an. Dann holte ich meinen Notizblock hervor. Denn ich hatte meinen Teil des Deals erfüllt. Ich wollte endlich nach Hause und diesen Artikel schreiben. Wollte endlich alles fertig haben.

»Darf ich dich jetzt interviewen?«, fragte ich. Annette nickte.

»Ja, mach, was du musst.«

Ich ließ den Kugelschreiber klicken.

»Okay, also zuallererst brauch ich ein paar Eckdaten.«

Annette schob ihr Eis hin und her. »Mein Name ist Annette Wagner«, sagte sie. »Geboren 1944. Beruf Geschäftsfrau. Jetzt Rentnerin.«

»Und du hast den Dosenöffner erfunden?«, fragte ich.

Annette nickte. »1963, den Randschneider. Bis heute eines der beliebtesten Dosenöffner-Modelle weltweit.«

»Und wie kam es dazu?«

Annette holte tief Luft. »Na ja«, sagte sie, »angefangen hat alles mit Napoleon …«

Ich lachte ungläubig.

»Mit Napoleon?!«

Dass der etwas mit dem Dosenöffner zu tun hatte, war mir bei meiner kurzen Recherche entweder entgangen, oder sie holte gerade zu einer ziemlich lächerlichen Lügengeschichte aus. Aber Annette nickte entschlossen.

»Napoleon hat damals ein Preisgeld ausgesetzt. Zwölftausend Goldfranc für denjenigen, der Nahrung haltbar und transportierbar machen kann, damit Soldaten für ihr Essen nicht mehr plündern müssen«, sagte sie.

Ich notierte mir das, um es später zu überprüfen.

»Daraufhin wurde die Dose erfunden. Die Soldaten nahmen sich jetzt ihr eigenes Essen mit in den Krieg, und es wurde nur noch auf Befehl und zum Spaß gemordet und nicht mehr aus Hunger. Der Erfinder bekam das Preisgeld, und die Sache war erledigt. Bis den Leuten klar wurde, dass man die Dose ja auch irgendwie aufbekommen muss. Leider gab es für den Dosenöffner kein Preisgeld, und darum hat sich wahrscheinlich niemand wirklich angestrengt. Es dauerte ewig, bis jemand einen Öffner erfand, der auch was taugte. Am Ende haben sich vor allem drei Modelle durchgesetzt. Der Öffner mit einem Griff, der Öffner mit zwei Griffen und«, Annette zeigte auf sich, »der Randschneider.«

Im Gegensatz zu der Sache mit Napoleon kannte ich die Modelle durch meine Recherche schon. Es war trotzdem wichtig, dass mir Annette alles erklärte, dann konnte ich es später besser in den Artikel einbauen. Ich sah den Absatz schon vor mir: *Annette erklärt ihren Randschneider wie folgt ...*

»Kannst du mir erklären, wie die funktionieren?«, fragte ich, bereit mitzuschreiben.

Annette überlegte kurz.

»Die Öffner mit nur einem Griff sind umständlich«, sagte sie, »die öffnen nur Schritt für Schritt. Man muss immer nachziehen und die Dose fest in der Hand halten, es ist eigentlich nur ein besseres Messer. Bei denen mit zwei Haltegriffen wird die Dose festgeklemmt, und man kann den Öffner viel einfacher über die Dose ziehen, sie haben häufig ein Schneiderad. Das ist schon besser, aber die Dose wird immer noch innen aufgeschnitten. Der Deckel fällt dann in die Dose rein, und man muss ihn rauspulen. Aber das Ding ist sauscharf. Da kann man sich böse schneiden, ist also immer noch umständlich. Mein Randschneider funktioniert besser. Er schneidet nicht den Deckel innen auf, sondern köpft einfach die ganze Dose. Dadurch fällt nichts rein, und es gibt keine scharfen Kanten. Man kann einfach das ganze obere Stück Dose wegnehmen.« Sie gestikulierte es mir vor. »Von diesen drei Modellen gibt es noch zahlreiche Varianten«, sagte sie. »Aber im Grunde ist es das. Ein Griff. Zwei Griffe. Und mein Randschneider.«

Ich musterte Annette.

»Du sagst ›mein‹ Randschneider und dass du ihn erfunden hast. Liegt das Patent denn auch bei dir?«

Annette schüttelte den Kopf.

»Nein. Nicht mehr.«

»Sondern?«

»Bei einer großen Firma.«

Ich kritzelte in mein Heft: *Patent bei Firma*. Ich wurde etwas nervös.

»Bei welcher Firma? Und würden die bestätigen, dass du den Dosenöffner erfunden hast? Kannst du das nachweisen, wenn du das Patent nicht hast? Wie hast du ihn überhaupt erfunden?«

Annette steckte ihren Plastiklöffel ins Eis.

»Also, wenn du wirklich die ganze Geschichte haben willst, dann kann ich sie dir auch einfach von Anfang bis Ende erzählen, statt tausend Fragen zu beantworten.«

Ich dachte nach. Eigentlich sprach nichts dagegen.

»Na gut«, sagte ich und setzte den Stift ans Blatt, bereit mitzuschreiben. »Dann erzähl mal.« Annette räusperte sich.

»In Ordnung.« Sie sah sich um, suchte einen Anfang. »Also. Meine Mutter hatte hier früher eine Bar ...«

8

»War nichts Besonderes, einfach eine kleine Kneipe. Aber sie lag direkt gegenüber vom Metropol und war nicht schäbig. Darum war sie immer gut besucht, die feinen Damen und Herren kamen, um vor dem Tanzen noch einen Schnaps zu trinken oder um sich zu versammeln, bevor man gemeinsam ausging. Ich war Einzelkind. Mein Vater war weg, bevor ich auf die Welt kam. Meine Mutter war eine strenge Frau. Und sehr alt. Für damals. Als ich geboren wurde, da war sie vierzig. Ich hatte sie sehr lieb und sie mich, auch wenn sie es nicht zeigte. Oder sagte. Sie war sehr streng, aber sie war niemals böse. Wenn sie abends die Bar aufmachte, musste ich ins Bett.

Wir wohnten direkt über der Bar. Ich legte mich dann immer ganz flach auf den Boden und presste mein Ohr gegen die Dielen, um die Menschen in der Bar zu hören. Es drang nie viel mehr durch als ein Brummen, ab und an etwas Gläserklirren, aber ich dachte mir den Rest einfach. Ich schloss die Augen und versuchte mir die Menschen in unserer Bar vorzustellen. Sie richtig zu sehen. Plötzlich hörte ich kein

Brummen mehr, sondern hörte, wie sie lachten, wie sie tranken, wie sie redeten. Ich erfand einen Herr Maier, der gerne Whisky trank und ständig ›on the rocks‹ bestellte, ohne dass ich wusste, was das eigentlich hieß. Oder meinte zu hören, wie ein Fräulein Heinrich und ein Herr Uckermann sich stritten, weil der Herr Uckermann sein Bier über das arme Fräulein verschüttet hatte. Am Ende vertrugen sie sich aber und verliebten sich. Für meine Vorstellung borgte ich mir Gesichter aus den Werbezeitschriften, die manchmal in den Klamottenläden auslagen. Ich hatte eine ganze Kiste voll davon unter meinem Bett. Magazine von Möbelhäusern, von Bekleidungsgeschäften, von Autohäusern. Die Menschen darin strahlten immer, sie sahen so perfekt aus.

Ich sah sie daheim. Sie lebten in großen Palästen mit goldenen Toiletten. Nicht zwischen Trümmern und halb wiederaufgebauten Häusern, sondern in richtigen Palästen. Ich sah es ganz deutlich, sie hatten goldene Klos, und ihre Betten waren aus Wolken. Es waren Fraulein Heinrich, Herr Uckermann, Herr Maier ...

Häufig schlief ich über meinen ausgedachten Geschichten ein. Wenn meine Mutter mich dann nachts auf dem Boden fand, gab es am nächsten Morgen immer Ärger, manchmal auch eine Ohrfeige. Aber nie in der Nacht. Sie hob mich ins Bett, ohne mich zu wecken, deckte mich zu und legte sich neben mich. Und am nächsten Morgen gab es dann den Ärger und die

Ohrfeige, weil ich wieder auf dem Boden eingeschlafen war. Das meine ich. Streng, aber nicht böse.

Oft wusste ich morgens nicht mehr, ob ich es selbst ins Bett geschafft hatte oder nicht. Der Morgen wurde dadurch zum spannendsten Moment des Tages. Ich schlich runter, nahm mir Brot zum Frühstück und musterte meine Mutter. Wenn sie mich ignorierte, war alles gut. Wenn sie mich bemerkte, war ich letzte Nacht wieder auf dem Boden eingeschlafen und bekam eine Backpfeife. Aber ich konnte nicht anders. Ich musste den Boden abhören. An Wochenenden war es besonders wichtig, dann war am meisten los, und das Gelächter und Gerede, die Wärme und die Stimmung drangen am besten durch die Decke.

Je älter ich wurde, desto mehr ließ das Lauschen bei Nacht nach. Die Kiste mit den Zeitschriften lag zwar immer noch unter meinem Bett, es kamen aber nur noch selten neue dazu. Als ich dann irgendwann alt genug war, um abends an der Bar auszuhelfen, war es schon längst nicht mehr die Bar, die mich faszinierte. Jetzt war es das, was nach der Bar passierte. In der Bar fing der Abend nur an, der wahre Spaß, das wahre Abenteuer fand im Tanzclub gegenüber statt. Die Bar war nur ein winziger, unwichtiger Teil. Dass ich mich als Kind so aufgeregt an den Boden gepresst hatte, kam mir mittlerweile lächerlich vor, aber wenn ich gekonnt hätte, hätte ich mein Ohr jetzt an die Tür des Tanzclubs gegenüber gepresst.

Eines Abends kam eine kleine Gruppe vorbei. Sie waren alle schick gekleidet. Viel schicker als ich jemals sein würde, dachte ich. Sie waren vielleicht zwanzig, höchstens fünfundzwanzig Jahre alt. Ich bediente sie, es waren zwei Frauen und vier Männer. Die Frauen trugen dicke Perlenketten und Ohrringe, und ihre Haare waren elegant nach oben frisiert. Ihre Jacken hingen lässig auf ihren Schultern, ihre teuren Kleider schauten weit und bunt darunter hervor. Ich kam mir blöd vor mit meinem langweiligen Zopf und meiner öden, einfarbigen Schürze. Ich trug das Tablett zu ihnen, und einer der Männer sah mich an. Er hatte langes, nach hinten gekämmtes Haar. Er war zum ersten Mal in der Bar, aber er kam mir sofort bekannt vor. Sein Hemd stand weit offen. Irgendwoher kannte ich ihn, ganz sicher, aber ich kam nicht drauf, woher. Er zwinkerte mir zu. Ich wurde nervös, stellte die Getränke einfach wahllos ab und flüchtete zurück hinter die Bar. Ich musste meiner Mutter nur abends helfen. Wenn es Nacht wurde und weniger los war, schickte sie mich immer in mein Zimmer. Sobald ich meine Schürze ablegen durfte, rannte ich an jenem Tag die Treppe hoch und holte zum ersten Mal seit langer Zeit wieder meine Kiste mit den Zeitschriften unter dem Bett hervor. Sie lag noch immer da, leicht verstaubt. Ich fand den Mann auf Seite sieben von *Hermanns Herrenmode*. Ich war nur einmal an dem Laden vorbeigegangen. Er lag einige Straßen von uns entfernt in einer recht schäbigen Gegend. Der Laden selbst war unglamourös und langweilig, mit hässlichen, verblassten Buchstaben über der Tür. Aber die Zeitschrift! Ich hatte schon durchs Schaufenster gesehen, dass sie im Laden auslag, und war direkt in den Laden gestürzt. ›Ich suche einen Mantel für meinen Freund. Darf ich die Zeitschrift mitnehmen?‹ Seitdem lag *Hermanns Herrenmode* in meiner Kiste. Und jetzt war einer dieser Menschen aus der Zeitschrift in unserer Bar gewesen. Wirklich da gewesen, nicht nur in meiner Vorstellung!

Ich kniete mich hin und legte meinen Kopf an den Boden, wie früher. Es war nichts zu hören, die meisten Gäste waren längst aus der Bar verschwunden. Um die Zeit hingen nur noch die Alkoholiker auf den Hockern herum, betäubt von ihrer eigenen Fahne. Aber ich tat es trotzdem. Beugte mich vor, presste das Ohr an die kalte Diele, schloss die Augen und stellte mir vor, wie der Mann aus Hermanns Herrenmode lebte. Wie er lachte. Ich sah wieder goldene Toiletten und ein Bett aus Wolken. War wieder ein Kind, für wenige Minuten.

Die Gruppe mit dem Mann aus der Zeitschrift kam jetzt fast jedes Wochenende in die Bar. An einem Wochenende wurde meine Mutter krank. Sie trug mir auf, mich alleine um die Bar zu kümmern, und ich wusste sofort, dass das meine Chance war. Ich wollte mit der Gruppe von Hermanns Herrenmode mitgehen.

Ich wollte in den Tanzclub. Eine Freundin von mir wusste Bescheid. Sie half mir für den Abend hinter der Theke. Ich hatte mich so gut wie möglich ausgehfertig gekleidet. Ich trug den buntesten Rock, den ich hatte, darüber eine Jacke. Wie die Mädchen aus der Gruppe. Als sie die Bar betraten, fing mein Herz an zu flattern. Ich wollte sie ansprechen. Wollte mich anfreunden. Ich lud vier Schnäpse aufs Tablett und ging auf sie zu. ›Aufs Haus!‹, rief ich, und alle freuten sich. Hermanns Herrenmode zwinkerte mir sogar wieder zu. Diesmal zwinkerte ich zurück. Dann wurde eine Runde bestellt. Ich brachte die Bestellung und wusste einfach nicht, wie ich aus meiner Rolle als Kellnerin ausbrechen sollte. Ich ging zurück an die Theke, und die Zeit verstrich. Meine Freundin stieß mich an. ›Na los, na los, sie gehen bald!‹ Aber ich wusste einfach nicht, was ich tun sollte. Ich trocknete Gläser ab, bediente Menschen, machte meinen Job wie immer und wusste einfach nicht, wie ich es anstellen sollte. Plötzlich wollte die Gruppe zahlen, es sollte weitergehen. Ich kassierte ab, jetzt war meine letzte Chance. Jetzt oder nie. Ich sah Hermanns Herrenmode an. Dann fragte ich ihn einfach: ›Kann ich mitkommen?‹ Er war erst verwirrt. Aber dann lächelte er und drehte sich zu seinen Freunden. ›Die hier möchte mitkommen!‹ Mein Herz setzte aus, machten sie sich über mich lustig? Ich wollte wegrennen, heulen, kam mir vor wie ein dummes Kind. Aber dann jubelten alle. ›Na klar kommt sie mit!‹, rief eines der Mädchen. Sie klang betrunken. Das andere Mädchen umarmte mich, als wären wir die besten Freundinnen. Ich war etwas überwältigt und ließ mich einfach mitreißen. Wir gingen gemeinsam, eingehakt, als würden wir uns schon ewig kennen. Ich wurde durch die Tür gezogen, und dann waren wir draußen in der Nacht und liefen auf den Tanzclub zu. Das Mädchen in meinem Arm sah mich an. ›Wie heißt'n du?‹ Ich …«

Annette schluckte kurz und griff reflexartig zum Taschentuch. Sie hustete ein paarmal laut hinein. Es dauerte einige Sekunden, bis sie sich erholt hatte. Dann fuhr sie fort.

»Ich sagte, mein Name sei Annette. Sie stellten sich alle vor, aber ich habe ihre Namen vergessen. Nur den Namen des Mannes kenne ich noch. Er hieß nicht Hermanns Herrenmode, sondern Wilhelm. Nannte sich Willi. Er nahm mich mit in den Tanzclub, und es war großartig. Ich tanzte, bis mir die Füße wehtaten, und dann zog ich meine Schuhe aus und tanzte noch ein wenig weiter. Ich tanzte allein, ich tanzte mit den Mädchen, ich tanzte mit Willi. Als wir miteinander tanzten, lehnte er sich vor und lallte mir ins Ohr: ›Annika ist nicht da!‹ Ich wusste nicht, was das zu bedeuten hatte, und lächelte nur lieb als Antwort. Irgendwann wollte Willi nach Hause. Aber nicht allein, er wollte mich gerne mitnehmen. Ich war völlig überfordert, ein bisschen verlegen. Und auch ein bisschen geschmeichelt. Sollte ich? Warum eigentlich nicht, ich war schließlich alt genug. Und ich wollte unbedingt sehen, wie er wohnte. Insgeheim hoffte ich auf goldene Toiletten.

Ich nahm ihn also bei der Hand, und wir gingen gemeinsam raus. Ich war aufgeregt. Es war eine warme, klare Nacht. Ich erwartete, dass er ein Taxi rufen würde, aber er zog mich einfach hinter sich her und wir gingen zu Fuß. An der Bar vorbei die Seitenstraße aufwärts. Ich konnte es kaum erwarten, unser Viertel hinter mir zu lassen und in seine Wohngegend zu kommen. Wo alles ganz sicher anders war. Wo es ganz sicher aufregender war. ›Wie weit ist es noch zu dir?‹, fragte ich. Er wurde langsamer. ›Nicht weit.‹ Er nuschelte ziemlich heftig. Und dann standen wir plötzlich vor einem Geschäft. Die hässliche Fassade schaute auf mich herab. *Hermanns Herrenmode* stand drauf. ›Was machen wir hier?‹, fragte ich. Er lächelte mich an und suchte nach seinen Schlüsseln. ›Hier wohne ich.‹ Ich konnte es nicht fassen. ›Mein Vater ist stinkreich‹, sagte er, ›aber ich will keine Almosen, darum wohn ich erst mal hier. Für den Übergang. Aber bald geh ich nach Hollywood. Ich werd Schauspieler, wie Steve McQueen!‹

Erst jetzt merkte ich, wie betrunken er eigentlich war. Ich wusste gar nicht mehr, ob ich überhaupt noch mit hochgehen wollte. Der Zauber war weg. Ich fühlte mich, als wäre ich aus einer Hypnose aufgewacht, als hätte jemand plötzlich einen Schleier vor meinen Augen weggerissen. Alles wirkte auf einmal schäbig, auch er. Endlich öffnete Willi die Tür, und wir stiegen eine Treppe hoch. Es sah bedrückend normal aus. Der hässliche Flur, das hässliche Wohnzimmer, nichts war glamourös, nichts war aufregend. Er bot mir aus seinem Kühlschrank ein Bier an, aber ich lehnte ab. Abgesehen von einem Kräuterschnaps, den ich zum Mutmachen an der Bar genommen hatte, war ich nüchtern. Er erzählte von seinem Vater: ›Ist ein erfolgreicher Geschäftsmann und hat eine eigene Firma. Küchenwaren.‹ Wilhelm schüttete das Bier in seinen Rachen. Er wollte nicht in die Firma seines Vaters, sagte er. Er wollte Schauspieler sein. Er stellte das Bierglas ab und haute es dabei um. Aber es fiel in die Spüle und machte keine Sauerei. ›Passt!‹, sagte er stolz, dann sah er mich an. Viel zu lange. Und direkt in die Augen. ›Darf ich dir mein Schlafzimmer zeigen?‹ Ich musste fast lachen. Auf keinen Fall, dachte ich. Aber ich sagte: ›Geh schon mal vor, ich komme gleich nach‹, denn ich wollte mich noch in der Wohnung umsehen. Er lächelte zufrieden. Hübsch war er immer noch. Aber eben auch sehr betrunken und ziemlich erbärmlich. Er torkelte davon und verschwand im dunklen Zimmer. Ich hörte, wie er ins Bett fiel und die Federn ächzten. Dann fummelte er an seinem Gürtel herum, es klimperte. Ich ließ ihn in der Dunkelheit liegen und streifte durch die Wohnung. Sie sah eigentlich nicht anders aus als unsere. Nur etwas größer. Auf einem Regal neben der Küchenablage standen Bilder. Ich nahm eines in die Hand. Es war ein Hochzeitsfoto. Wilhelm war anscheinend verheiratet. Was für ein Scheusal, dachte ich. Auf dem Bild trug er einen schwarzen Anzug, sie ein weißes Kleid. Sie hatte blaue Augen und wallendes braunes Haar. Ich legte das Foto wieder weg. Jetzt wusste ich ganz genau, wer Wilhelm war und dass er niemals Schauspieler werden würde. Ich sah ihn zum ersten Mal glasklar vor mir, und zwar so, wie er wirklich war. Er war nicht das Fotomodell aus *Hermanns Herrenmode*, das in meiner Box unter meinem Bett lag. Er saß nicht in der Bar und lachte, weil er keine Sorgen hatte und in einem Bett aus Wolken schlief. Er war ein Versager, ein ganz normaler, alltäglicher Versager, nur besser gekleidet, und das nicht mal in seinen eigenen Klamotten. Denn auch wenn er behauptete, keine Almosen anzunehmen und unabhängig von seinem Vater sein zu wollen, war ich mir sicher, dass das Ersparte, von dem er gerade zehrte, aus der Tasche seines Vaters stammte. Ich gab ihm noch maximal drei Monate. Dann würde seine Ich-werde-Schauspieler-Phase enden, und Wilhelm würde seinem Vater vor die Füße fallen. Aber selbst wenn der ihn zurücknehmen und in irgendeine hohe Position in der Firma hieven sollte, es würde nichts ändern. Wilhelm würde ein Versager bleiben. Es würde dann nur schwerer zu erkennen sein.

Plötzlich klimperten Schlüssel. Das Geräusch kam von ganz unten aus dem Treppenhaus. Sofort dachte ich an die Frau auf dem Hochzeitsbild. Wenn ich jetzt ging, konnte ich noch im Treppenhaus an ihr vorbeihuschen, ohne dass klar wäre, aus welcher Wohnung ich kam. Aber ich bewegte mich nicht. Es gab da noch eine Sache, die ich nachsehen musste, ich konnte nicht anders. Ein paar Sekunden später schloss eine Frau mit blauen Augen und wallendem braunen Haar ihre Wohnung auf und unterdrückte einen Schrei, weil ein junges Mädchen in ihrem Flur stand und in ihr Badezimmer starrte. Dort stand ein ganz normales Klo. Eine hässliche weiße Schüssel, kein Schimmer von Gold. Damit wäre das auch geklärt, dachte ich. Die Frau sagte kein Wort, aber ihre blauen Augen schrien. Ich lächelte sie traurig an und zwang mich stumm an ihr vorbei in die Nacht. In dem Moment wünschte ich mir, meine Mutter wäre da und könnte mir eine Ohrfeige geben.«

Annette stach in ihr Eis. Es war inzwischen komplett geschmolzen. Alles, was ich mitgeschrieben hatte, war: *Mutter Barbesitzerin.* Und nicht einmal das war wirklich relevant. Als klar wurde, dass Annette nicht mehr weitererzählen wollte, legte ich mein Notizbuch beiseite. Was sollte denn die Geschichte?

»Das war ja ganz spannend«, sagte ich, »aber was hat das mit dem Dosenöffner zu tun?« Hatte sie überhaupt wirklich den Dosenöffner erfunden, oder machte ich mich gerade zum absoluten Clown, weil ich mir die Hirngespinste einer verwirrten Oma anhörte? Annette sah mich nicht an. Sie war noch in der Vergangenheit.

»Warum dachte ich, sein Klo sei vergoldet? Wer hat schon ein vergoldetes Klo?« Ihr Handy vibrierte. Sie ignorierte es, kehrte aber langsam wieder in die Gegenwart zurück. »Egal, wen du so bewunderst«, sagte sie, »Schauspieler, Politiker, ganz egal, am Ende des Tages sitzen alle auf 'ner weißen Schüssel.« Ihr Handy vibrierte erneut mit einer Push-Mitteilung. Sie nahm es aus der Tasche und sah es an.

Ich fragte noch einmal: »Was hat das mit dem Dosenöffner zu tun?«, aber sie ignorierte mich und starrte nur auf ihr Handy. Offenbar las sie eine Nachricht. Irgendetwas, das ihr nicht zu gefallen schien. Sie steckte das Handy wieder weg und kaute auf ihren Lippen herum.

»Das war die Vorgeschichte«, sagte Annette schließlich. »Die Einleitung.«

»Dann erzähl jetzt bitte den Hauptteil! Mit dem Dosenöffner!«, flehte ich.

Annette musterte nur ihr zerlaufenes Eis. Sie stocherte ein letztes Mal darin herum, befand es nun für flüssig genug und trank es in einem Zug aus.

»Noch nicht«, sagte sie.

Ich wurde wütend.

»Wir hatten einen Deal!«, rief ich.

Annette legte den leeren Eisbecher weg. »Ja«, sagte sie, »du schiebst mich, und ich rede. Das haben wir getan. Den zweiten Teil der Geschichte kriegst du, wenn du noch mal schiebst.«

Ich hatte keine Zeit für so was. Wenn das die Einleitung gewesen war, dann dauerte der Rest der Geschichte bestimmt Stunden. Musste ich mir das anhören? Konnte ich den Artikel nicht jetzt schon schreiben? Ihr einfach was in den Mund legen und den Rest selbst recherchieren? Ich wusste ja jetzt, welches Modell sie angeblich erfunden hatte.

»Wo soll ich dich denn hinschieben?«, fragte ich.

Annette überlegte.

»Ich muss weit weg. Ins Ausland.«

»Ausland?!«

Sie räusperte sich und ließ ihre Lunge rasseln. »Ja«, sagte sie, »in die Schweiz. Lass uns in die Schweiz fahren, dann kann ich auch noch mal meinen Mann besuchen.« Sie klang jetzt ganz sicher. »Du fährst mich in die Schweiz, ich besuche Thomas, meinen Mann, und dann erzähle ich dir den Rest.«

»Ich kann dich nicht in die Schweiz fahren!« rief ich. »Kann Thomas dich nicht abholen? Wo genau ist er denn gerade?«

»Auf dem Friedhof Basel Westheim, anderthalb Meter unter der Erde.«

Ich gab vollends auf, das war Wahnsinn. Entweder

hielt Annette mich böswillig für ihr eigenes Amüsement bei der Stange, oder sie war wirklich verwirrt, hatte den Dosenöffner nicht erfunden und wusste nicht, was sie tat oder redete. Annette schien meine Zweifel zu bemerken.

»Die Einleitung war wichtig«, sagte sie, »sonst versteht man den Rest nicht. Und der Rest ist gut! Ich erzähle dann auch alles auf einmal, versprochen. Wir müssen aber jetzt los.«

»Wie jetzt?«

Annette lehnte sich vor. »Heute Abend. Oder morgen früh.«

Das wars. Die Frau war verrückt. Ich packte meine Sachen.

»Jetzt hau nicht ab!«, rief Annette. Und obwohl ihre faltigen Arme ruhig auf dem Tisch lagen, fühlte es sich so an, als würde sie mich am Kragen packen. Hätte sie nach meinem Pausengeld verlangt, ich hätte es ihr gegeben. Ich stand trotzdem auf und wollte etwas sagen, wusste nur nicht, was. Annette ließ von mir ab.

»Na ja«, sagte sie, »hast ja meine Handynummer.«

Ich wusste immer noch nicht, was ich sagen konnte. Was ich sagen wollte. Ich drehte mich wortlos um und ging. Ließ sie einfach sitzen und verließ den McDonald's ohne ein Wort. Die Geschichte war für mich durch. Annette war für mich durch.

9

Einen Abend später saß ich in der »Bierbar« und starrte in mein Glas. Die Bierbar war ein richtiger Ranzladen. Eine Absteige mit vergilbten Decken, klebrigen Glücksspielautomaten und einer vollgesifften Theke, an der ungesunde Menschen ungesunde Dinge tranken. Aber es war die einzige »Bar« in Gehweite, der einzige Ort, an dem sich Jugendliche aus der Gegend zum Trinken treffen konnten, ohne vorher eine Stunde Bus fahren zu müssen oder unwürdig mit Tankstellenbier auf der Straße zu sitzen. Außerdem wurde hier auch Alkohol an Minderjährige ausgeschenkt, wenn sie sich auf die Zehenspitzen stellten und großzügig Trinkgeld gaben. Das zog damals wie heute die Jugendlichen im Umkreis an wie ein Haufen Scheiße die Fliegen. Heute waren allerdings keine Schüler da. Nur ich, Flo und die üblichen vom Leben zerfressenen Gestalten, deren Schulzeit weiter weg war als ihr Todeszeitpunkt. Flo drückte auf dem Zigarettenautomaten herum und schien mit der Maschine zu verhandeln. Er hatte sich gestern recht überraschend angekündigt, er sei mal wieder »in der alten Heimat«.

Ich war eigentlich überhaupt nicht in der Stimmung, was zu unternehmen, aber ich hatte mich dann doch durchgerungen, »der alten Zeiten wegen« mit Flo in die Bierbar zu gehen. Im Hintergrund lief Schlagermusik aus dumpfen Lautsprechern. Ich hasste Schlager. Ich hasste die Bierbar. Und ich hasste Annette. Ganz besonders Annette. Nach unserem Treffen hatte ich meinen letzten Rest Hoffnung zusammengekratzt und weiterrecherchiert. Vergebens. Annette Wagner hatte laut Internet den Dosenöffner nicht erfunden. Laut Internet gab es nicht einmal eine Annette Wagner, zumindest nicht meine. Und der von ihr beschriebene »Randschneider« kam laut eigenen Angaben von der Küchenwaren-Firma ThoWil. Was für ein bescheuerter Name für eine Firma, dachte ich. Auf der Internetseite hieß es:

Es war in der Schweiz im Jahr 1963, als das erste ThoWil Produkt erfunden und auf den Markt gebracht wurde: der Randschneider, die moderne Form des Dosenöffners. Dieses Produkt ist bis heute in der ganzen Welt ein großer Erfolg.

Die Jahreszahl stimmte mit dem überein, was Annette gesagt hatte. Und die Firma kam aus der Schweiz, so wie angeblich ihr Mann. Der Zusammenhang machte mich kurz stutzig, aber das konnte alles Zufall sein. Vielleicht hatte sie mal in der Schweiz gelebt, das mitbekommen und es mir dann als ihre Erfindung verkauft. Ich hatte trotzdem bei ThoWil angerufen und nachgefragt, bekam aber keine Antworten. Ich wurde bloß von einer freundlichen Frau in noch freundlicherem Schweizerdeutsch angewiesen, an info@thowil.ch zu schreiben. Sie hätte mich genauso gut an spam@thowil.ch weiterleiten können, oder an höraufzunerven@fickdi.ch. Die Story war nicht »Hammer«, die Story war eine Sackgasse.

Ich hatte auch kurz überlegt, Benjamin (den ich gerade ebenfalls sehr hasste) um Rat oder Hilfe zu bitten, es dann aber sein lassen. Er würde mir eh nicht helfen und nur über sich sprechen. Ich konnte seine hässliche Pferdefresse schon vor mir sehen, hörte schon das Echo seines ständigen Gelabers in meinem Schädel hallen: »Ich bin da an was Großem dran! Ein verschwundener Millionär!« Mir wurde übel davon. Speiübel. Lag aber vielleicht auch an dem Bier vor mir. Mein sechstes. Oder siebtes. Vermutlich achtes. Ich war gerade in keiner guten Stimmung.

Wie sollte ich jetzt weitermachen? Einfach eine Story erfinden? Was ganz Neues? Doch eine Geschichte über den Bürgermeister von Steinfeld, der seit Jahren Wahlkampf mit dem Namen »Besser« machte? Oder war der Volo-Zug schon komplett abgefahren? Aber was dann, einfach weiter in der beschissenen Lokalredaktion arbeiten? Oder studieren? Ich ließ die Gedanken fallen. Morgen oder übermorgen war Zeit für

Pläne. Heute wollte ich einfach nur in Ruhe das Hier und Jetzt mit ganzer Seele hassen.

Flo hatte mittlerweile dem Automaten eine Schachtel Zigaretten abgepresst und lief im Zickzack auf mich zu, drehte dann aber um und verschwand aufs Klo. Hoffentlich nicht kotzen. An der Bar wurde Korn ausgeschenkt. In mir zog sich alles zusammen. Was ich an der Bierbar am meisten hasste, war dieses erdrückend Triviale. In Hamburg oder Köln oder Berlin, da gab es ähnliche Kneipen, aber um die rankten sich zumindest Legenden. Da lagen die Schatten von Gestalten wie Honka oder dem langen Tünn auf den Plätzen, da gabs Geschichte. Die Menschen saßen nicht einfach nur da und soffen sich kaputt, sie waren Teil der Kultur. Die Bierbar hingegen hatte nichts mit Kultur zu tun. Hier war nichts »kultig«, hier hatte nichts eine kulturelle Bedeutung, hier hatte generell nichts Bedeutung. Es war einfach nur traurig und langweilig, viel schlimmer, es war egal, es war banal. Hier soffen nicht Krallen-Achim oder Pistolen-Walter in »ihrem Kiez«, hier soffen einfach nur Achim und Walter, und nie im Leben würde *Stern TV* auf die Idee kommen, eine Doku darüber zu drehen. Ich nippte an meinem vermutlich achten Bier. Es ging nur schlecht runter. Für Flo war das hier hingegen gerade Touri-Programm, dachte ich. »Die alten Ecken sehen«. Auch das machte mich traurig. Die Tristesse, in der ich lebte, war für ihn ein Event. Heimattourismus.

Katastrophentourismus. Ein paar Tage bleiben und dann wieder gehen. Im Gegensatz zu mir. Ich war nie weggegangen und klebte wahrscheinlich wie die alten Kaugummis unter den Tischen für immer hier fest. Wieder nippte ich an meinem Bier. Es war ein bitterer Schluck.

Flo kam aus dem Klo gestürzt und fiel zurück an seinen Platz.

»Hat sich echt nichts verändert!«, rief er fröhlich.

Er reichte mir die frische Schachtel Zigaretten, und ich fischte eine heraus. Eigentlich mochte ich Flo sehr gerne. Wir waren mal gut befreundet gewesen, bevor er nach Hamburg abgehauen war. Aber jetzt spürte ich nur Hass. Ich dachte an seine vielen Partyfotos auf Instagram. Dachte an sein Leben in Hamburg. Er hatte es geschafft, er studierte, würde Jurist werden, tat etwas Wichtiges und hatte Spaß dabei. Während ich noch mein Leben suchte.

»Wie läufts denn bei dir in der Zeitung?«, fragte Flo. Seine blauen Augen schielten leicht. Er war ziemlich angetrunken.

»Ach, ganz gut.«

Bisher waren wir nur im Wechsel die gesamte Klassenliste durchgegangen (»Was macht die eigentlich gerade?«, »Hast du zu dem noch Kontakt?«) und hatten über »die alten Zeiten« geredet (»Weißt du noch, als damals …«, »Wie wir früher immer …«). Aber nun ging es plötzlich ums Jetzt. Ich zögerte. Was sollte ich sagen? »Die Arbeit ist langweilig und bedeutungslos, die eine große Story, die mir eine Beförderung verschafft hätte, habe ich aufgegeben, und ich fühle mich wie ein Versager, der für immer hier hängen bleibt«? Nein. Ich entschied mich gegen die Wahrheit. Jetzt vor Flo die Hosen runterzulassen, dafür war auch nach meinem vermutlich achten Bier noch viel zu viel Schamgefühl da.

»Ich liebe die Arbeit bei der Zeitung echt«, sagte ich »auch wenn's vielleicht ein bisschen lächerlich klingt. Artikel über Hühnerzüchter-Vereine und so.« Flo schüttelte vehement den Kopf. »Ach, jeder fängt mal klein an. Das klingt gar nicht lächerlich.«

Ich fuhr trotzdem fort, mich zu verteidigen. »Das ist halt richtiger, ehrlicher Journalismus. Das lern ich nur hier«, sagte ich, »und nicht wenn ich irgendwo in 'nem dicken Medienhaus sitze und als Praktikant irgendwelche Meldungen von der DPA gegenlesen muss. Hier geh ich raus, suche mir die Storys selbst. Recherche, Interviews, alles, hier kann ich mich austoben und richtig was lernen. Das ist tausendmal mehr wert als irgendwie Prestige.« Ich war etwas angeekelt von mir selbst und kam mir bei dem Gerede über mein Leben vor wie ein unseriöser Gebrauchtwagenhändler, der versuchte, einen Schrottwagen als wertvolles Sammlerstück zu verkaufen. Flo trank einen großen Schluck, er wirkte nervös. Ich glaube er war dabei, den Wagen zu kaufen. »Absolut«, sagte er. Ich steigerte mich ein wenig rein, legte noch eine Schippe drauf.

»Und das wissen die großen Medienhäuser ja auch«, sagte ich, »die sehen ja meine Skills, die ich hier kriege. Ich könnte jederzeit wechseln. Mach ich vielleicht auch irgendwann, aber grad fühl ich mich hier ganz wohl. Ganz ehrlich, ich bin gerne Lokaljournalist. Ich mach das jetzt erst mal. Und dann in 'nem Jahr oder so, mal gucken, was kommt. Aber ich bin zufrieden gerade.«

Es wurden Kurze gebracht. Ich konnte mich nicht mehr daran erinnern, dass wir Jägermeister bestellt hatten, aber keiner von uns beiden widersprach. Flo nahm sein Pinnchen, und wir kippten uns den braunen Alkohol den Hals herunter. Es schmeckte widerlich. Als wäre ein Haufen Kräuter in Desinfektionsmittel eingelegt worden und dann trotzdem verwest.

»Du wusstest ja schon immer genau, was du willst«, sagte Flo. Er krächzte noch von dem Schmerz, den der Likör in seinem Hals hinterlassen hatte.

Ich knibbelte am Etikett meiner Bierflasche. Jetzt war der Punkt gekommen, an dem er mir von seinem Leben erzählen würde. Auch wenn ich mir lieber angehört hätte, wie Fingernägel über eine Tafel kratzen, die Höflichkeit gebot es. Also fragte ich.

»Wie läuft es bei dir an der Uni?«

Flo holte tief Luft. Vermutlich wusste er nicht, wo er anfangen sollte. Bei den vielen Freunden in Hamburg, den geilen Partys, dem tollen Studium, der geilen Stadt, den stolzen Eltern ...

»Ich glaube, ich breche ab.«

Ich verstand nicht.

»Meinst du, du musst kotzen?«

Flo schob seine Bierflasche vor sich her.

»Nein! Ich meine, ich breche das Studium ab.«

Ich sah ihn entgeistert an, aber er meinte es offenbar ernst.

»Ich bin durch die Prüfungen gefallen, ich würde eh bald rausfliegen.« Er fing ebenfalls an, am Etikett der Bierflasche zu knibbeln. »Die Leute sind auch alles Wichser da.«

»Aber du bist doch andauernd feiern?«

»Ja und?« Er stellte das Bier wieder beiseite. »Vielleicht einmal alle zwei Wochen, ich poste die Bilder, die da entstehen, halt öfters.«

Ah. Ich Idiot. Den Trick merkte ich mir. Trotzdem glaubte ich Flo noch nicht. Sein Leben war so viel besser als meines, warum jetzt dieses Tiefstapeln?

»Wenn wir schreiben oder telefonieren, meinst du doch immer, alles ist super«, warf ich ihm vor.

Flo zuckte nur mit den Schultern und sah mich traurig an.

»Die Leute sind nicht so meins, ich finde keinen richtigen Anschluss. Und das Studium ... Jura ist einfach nicht mein Ding, das ist nicht wie bei dir ...«

»Wie, wie bei mir?«

»Du hast genau gefunden, was du liebst. Und machst das. Ich weiß nicht genau, wohin mit mir. Du wusstest das schon immer.«

Flo lehnte sich zurück, jetzt wieder mit Bier in der Hand und knibbelte weiter am Etikett. Seine Augen waren glasig von Alkohol und Trauer. Mir kam eine Idee.

»Hast du Lust auf ein paar Käse-Snacks von der Tankstelle?«

Es war ein bisschen dumm, zur Tankstelle zu laufen. Sie war viel zu weit weg und lag in entgegengesetzter Richtung von zu Hause. Aber beim ersten Schluck Dosenbier und beim ersten Bissen in den labbrigen Käse wussten wir, dass es sich gelohnt hatte. Flo holte die Zigaretten raus, und wir rauchten in die Nacht. Seine Stimmung war viel besser.

»Irgendwer meinte mal, dass bei Superman die schlechtesten Journalisten der Welt arbeiten«, sagte Flo und lächelte mich schief an.

»Was?« Ich biss ein großes Stück von meinem lauwarmen Käse-Riegel ab. »Warum bei Superman?«

»Ja, also bei Clark Kent«, meinte Flo, »der ist ja nicht immer Superman. Superman ist seine Geheimidentität. Normal arbeitet er als Clark Kent bei einer Zeitung. Als Journalist.«

»Und warum ist er der schlechteste Journalist der Welt?«

»Nicht er!«

»Sondern?«

»Alle anderen! Überleg doch mal!« Flo wedelte aufgeregt mit seiner Zigarette herum. »Der arbeitet bei einer Zeitung. Er ist umgeben von Journalisten. Und keiner von denen kriegt raus, dass er Superman ist. Das müssen doch die schlechtesten Journalisten der Welt sein!«

Ich grunzte. Das war bescheuert. Aber Flo liebte den Gedanken. Und ich war froh, dass er wieder besser gelaunt war.

»Überleg doch mal!«, sagte er wieder. »Deren Job ist buchstäblich, Dinge aufzudecken! Wie dumm, dass Superman ausgerechnet DA arbeitet, und wie viel dümmer, dass es gerade DA niemand merkt! Obwohl die den jeden Tag vor der Nase haben!« Flo wollte den Gedanken weiter ausführen, aber ihm fiel nichts mehr ein und er ließ es. Ich lachte trotzdem. Dann rauchten wir beide stumm weiter. Die Zigaretten knisterten im Duett. Flo seufzte.

»Hamburg ist zwar 'ne coole Stadt, aber ich vermisse das hier schon sehr. In Hamburg kenn ich doch niemanden. Und neue Leute kennenlernen ist nicht so meine Stärke, weißt du ja. Das ist nicht wie bei dir, du quatschst am Abend zehn Leute an und hast dann zehn neue Freunde. Und außerdem hast du fast alle Leute von früher hier, du bist ja noch voll verwurzelt. Ich hänge allein in Hamburg rum und frag mich voll oft, was machst du eigentlich hier?«

»Na jaa ...«, sagte ich, »hier ist eigentlich fast niemand mehr. Alle sind irgendwie weggezogen oder in Australien am Surfen.«

Bei den Gedanken an Özlem lächelte Flo ein wenig.

»Ich habe letztens mit Özlem gesprochen«, sagte er, »ich dachte, ihr gehts in Australien super, aber dann meinte sie plötzlich, sie langweilt sich da total. Guckt den ganzen Tag nur Fernsehen und macht sich Sorgen um ihre Zukunft.«

Ich versuchte mir vorzustellen, wie Özlem in Australien saß und Fernsehen guckte, schaffte es aber nicht. In meinem Kopf gab es in Australien so etwas Triviales wie »Fernsehen« gar nicht. In meinem Kopf hingen da ständig alle oben ohne am Strand und hatten die beste Zeit ihres Lebens. Das war natürlich dumm, aber trotzdem, Fernsehen? In Australien? Das ging einfach nicht in meinen Kopf.

»Wenn wir schreiben oder telefonieren, wirkte es immer so, als wäre alles super ...«, sagte ich.

»Meinst du jetzt bei mir oder bei Özlem?«

»Bei euch beiden!«, antwortete ich, und mir fiel auf, dass auch ich anscheinend so wirkte, als wäre bei mir alles super, obwohl es das ganz und gar nicht war. Flo stocherte mit der Fußspitze in der Erde herum.

»Özlem ist doch nur noch in Australien, weil sie nicht weiß, was sie machen soll, wenn sie wiederkommt. Die ist halt auch nicht wie du.«

»Wie meinst du das denn immer? Wie ich?«

»Na, wie du halt.« Flo wiederholte sich nur ungerne. »Du bist angekommen, machst das, was dich erfüllt und dir Spaß macht. Du hast einfach gefunden, was du willst, und ziehst es durch.«

Flo und Özlem beneideten mich um etwas, das ich nicht hatte. Das ich nur vorgab zu haben. Nur vorgegeben hatte zu haben, weil ich dachte, dass sie es hatten. »Bei mir ist auch nicht alles so super, wie es wirkt!«, sagte ich. Aber es war ein wenig zu spät, ich hatte meine Chance, aufrichtig zu sein, gehabt und sie nicht genutzt. Flo zuckte nur mit den Schultern. Dann schwiegen wir uns wieder an und rauchten. Ich starrte in Richtung Autobahnauffahrt. Wenn ich Annette für die Dosenöffner-Geschichte in die Schweiz fuhr, musste ich da lang. Ich nahm noch einen Schluck Bier und musste bitter grinsen, als mir auffiel, dass ich aus einer Dose trank.

»Kann sein, dass ich schon sehr bald wieder herkomme«, sagte Flo schließlich, »ich bin durch alle wichtigen Prüfungen gefallen. Ich bin schon längst draußen eigentlich.« Ich zuckte mit den Schultern und zog an meiner Zigarette. »Dann hängen wir wohl bald wieder öfter hier ab.«

Auf dem Weg nach Hause trennten wir uns mit einer Umarmung, die mir klarmachte, wie sehr ich Flo vermisst hatte. Auch wenn es mir für ihn leidtat, ich hoffte tatsächlich, dass er sein Studium abbrach und zurückkam. Der Hass von vor ein paar Stunden war komplett weg. Ich kam mir stattdessen lächerlich vor. Wie viel Zeit ich damit verbracht hatte, Flo und Özlem für ihr Leben zu beneiden, und jetzt stellte sich heraus, dass das alles umsonst war. Als hätte ich monatelang für einen Spitzensport trainiert, von dem ich jetzt erfuhr, dass es ihn gar nicht gab. Flo und Özlem waren auch Versager. Das war ein schönes Gefühl. Ich war nicht allein. Wir waren ein Loser-Club. Das machte meine Situation ein bisschen besser, aber nicht gut. Denn geteiltes Leid ist eben nicht halbes Leid. Man leidet einfach gemeinsam. Auch wenn es gut war, dass es den Loser-Club gab, ich wollte nicht lange Teil davon sein.

Zu Hause fiel ich betrunken ins Bett, und alle meine Gedanken sprangen mir direkt hinterher. Morgen war Mittwoch. Das hieß, ich musste wieder in die Redaktion. Montag ganz, Mittwoch halbtags, Donnerstag halbtags, Freitag ganz und Samstag nur zur Blattkritik. Eigentlich ein machbarer Rhythmus für einen freien Mitarbeiter bei der Zeitung. Aber so, wie sich der Raum gerade drehte, zweifelte ich sehr daran, dass ich es morgen aus dem Bett schaffen würde.

Ich warf mein Bein wie einen Anker aus dem Bett und berührte mit dem Fuß den Boden. Irgendwo hatte ich mal gelesen, dass das bei alkoholbedingtem Schwindel helfen soll. Tat es nicht. Der Raum drehte sich weiter. Wenn aus der Story mit Annette was geworden wäre, hätte ich das Volo bekommen. Dann hätte ich einen richtigen Job, dann wäre ich da, wo Benjamin ist, dann wäre ich nicht mehr Teil des Loser-Clubs. Aber die Story war einfach eine Sackgasse. Oder? Annette hatte gesagt: »Der zweite Teil der Geschichte erklärt alles.« Und das mit der Schweiz, das konnte doch kein Zufall sein. Doch, konnte es. Annette war verrückt oder eine Hochstaplerin. Das musste ich morgen der Redaktion beibringen. Die Geschichte war eigentlich schon fest eingeplant. Aber was sollte ich tun? Ich hatte ja nicht einmal ein Auto, mit dem ich Annette fahren konnte, selbst wenn ich wollte. Annette war verrückt. Verrückt. Verrückt. Ich sagte es mir immer wieder, aber so richtig überzeugt war ich dann doch nicht. Sie wirkte alles andere als verrückt. Sie wirkte auch alles andere als senil. Warum war sie überhaupt in einem Altersheim? Es passte so vieles nicht zusammen. Annette hatte gesagt: »Der zweite Teil der Geschichte erklärt alles.« Dass sich jetzt auch noch meine Gedanken drehten, war zu viel für mich. Ich schloss angestrengt die Augen und kämpfte gegen den Schwindel. Es wurde kein angenehmer Schlaf.

Als der Wecker am nächsten Morgen klingelte,

fühlte es sich an, als hätte ich überhaupt nicht geschlafen. Schon wieder trockene Lippen, schon wieder brennende Augen, schon wieder ein Morgen mit Kater. Warum trank ich denn in letzter Zeit so viel? Ach ja, mein Leben. Ich kämpfte mich aus dem Bett und sah aufs Handy. Zehn Uhr. Theoretisch musste ich jetzt in der Redaktion sein. Ich war zu spät, aber immerhin würde ich dank der Verspätung nüchtern kommen.

Ich malte mir aus, wie ich Walter und Annemarie erklärte, dass ich die Story mit Annette aufgeben musste, weil ich nicht weiterkam, und konnte schon jetzt spüren, wie ihr enttäuschter, verächtlicher Blick die ganze restliche Woche auf mir haften würde. Was, wenn Walter die Geschichte übernahm, mit Annette sprach und dann doch eine Story daraus machen konnte? »Ich hab sie in die Schweiz gefahren, und dann haben wir geredet, und sie konnte alles erklären. Ist jetzt 'ne super Geschichte geworden.« Das wäre die ultimative Demütigung. »Als Journalist muss man halt einfach hartnäckig sein, Timur«, würde Walter dann mit seinem fischigen Mund sagen. Ich schämte mich, aber was sollte ich tun? Aufstehen wäre ein guter Anfang.

Ich zwang mich aus dem Bett und schleppte mich in die Dusche. Die Gedanken an Annette, mein Versagen und das Volo folgten mir wie eine schwere Kette, die ich hinter mir herzog. Auf dem Küchentisch lag ein rotes Plastikteil. Es war mein Asthma-Spray. Daneben entdeckte ich eine Notiz mit der krakeligen Handschrift meines Vaters: »Vergiss das nicht, wenn du nächstes Mal ausgehst!«

Ich schüttelte den Kopf. Unfassbar. Was war in letzter Zeit bloß los mit diesem Mann? Beim Frühstück, was eine ziemlich anmaßende Beschreibung für Cornflakes mit Milch ist, meldete sich mein Handy. Eine Nachricht von Benjamin. »Endlich ist der Artikel raus!« Dazu ein Link. Benjamin hatte seinen Artikel nicht für den Westfälischen Anzeiger geschrieben, sondern anscheinend für die DPA. Die schickte ihre Artikel wiederum an alle möglichen Medienseiten. Der Spiegel hatte Benjamins Artikel schon übernommen, den Link hatte er mir geschickt. Wahrscheinlich würden jetzt im Minutentakt Links zu anderen Seiten folgen, sobald diese seinen Artikel ebenfalls übernommen hatten. Die Geschichte um den verschwundenen scheiß Millionär. Ich stellte Benjamin auf stumm und biss extra laut auf meine Cornflakes, damit ich meine eigenen Gedanken nicht mehr hören musste. Es klappte nicht ganz. Wie lange würde eine Fahrt in die Schweiz überhaupt dauern? Ich fragte Google Maps. Sieben Stunden. Das ging eigentlich. Nein. Eigentlich ging das gar nicht. Ich hatte immer noch kein Auto, warum dachte ich überhaupt darüber nach?

Plötzlich polterte es in der Garage. Dabei war ich eigentlich allein im Haus, mein Vater war arbeiten. Jetzt krachte es wieder. Irgendwer war in der Garage! Ich ließ meine Cornflakes und Gedanken liegen und ging vorsichtig nachsehen.

Langsam öffnete ich die Tür und spähte hinein.

»Hallo?«

Keine Antwort. In der Garage war niemand zu sehen. Das Auto meines Vaters stand seelenruhig herum. Aber auf dem Boden lag Werkzeug, das vom Regal gefallen war. Von ganz allein? Ein felliger Kopf schob sich unter dem Auto hervor. »Miau.«

Die Anspannung fiel von mir ab, es war die Katze.

Sie sah mich ängstlich an und schien enttäuscht darüber, dass das Auto so kalt war. Das Auto … Ich stellte mir kurz vor, wie ich meinem Vater seinen Oldtimer klaute und damit in die Schweiz fuhr. Er würde mich umbringen. Sein kostbarer Wagen, den er jeden Abend millimeterweise auf Kratzer überprüfte und mit Motoröl in den Schlaf massierte. Und ich bretterte damit über die Autobahn und über Landstraßen, ließ Schotter und Kies gegen die Felgen fliegen. Jeder imaginäre Kratzer brachte mich zum Lächeln. Dass das eine Option war, daran hatte ich überhaupt nicht gedacht. War es ja aber auch nicht. Oder …?

Mein Handy vibrierte in meiner Hosentasche und riss mich aus meiner Fantasie. Anruf aus der Redaktion. Scheiße! Annemaries Stimme drängte sich an mein Ohr

»Timur, kommst du heute nicht rein?«

Was sollte ich jetzt sagen? Ich starrte auf den Oldtimer. Führerschein hab ich ja, und fahren wird sich das Ding wie ein ganz normaler Wagen, dachte ich.

»Timur? Hallo?«

Und egal wie sehr ich versuchte mir das einzureden, Annette war nicht senil. Die konnte glasklar erzählen.

»Hallo, Timur? Kannst du mich hören?«

Mein Gott, ich beschwere mich doch andauernd darüber, dass mein Leben langweilig war. Und jetzt hatte ich die Möglichkeit, mal etwas Spannendes zu erleben. Einen Roadtrip zu starten, wie in einem Film, und ich kniff?

»Timur?«

Wie häufig hatte ich schon hinter der Tankstelle gesessen und auf die Autobahnauffahrt gestarrt. Jetzt konnte ich sie endlich nehmen, und was machte ich? Ich ging freiwillig zurück in meine Sackgasse von Leben? Nein. Raus hier. Auch wenn es verrückt war, Hauptsache raus!

Ich nahm mein Handy ans Ohr.

»Sorry! Ich mache doch die Geschichte mit dem Dosenöffner. Ich bin grad auf dem Weg zu einer Interviewpartnerin dafür«, sagte ich. »Heute und morgen werd ich da dran sein.«

Ich griff mir die Schlüssel und stieg in den Wagen. Scheiß drauf, dachte ich. Was soll schon passieren?

»Okay ... klingt gut«, sagte Annemarie, »aber es wäre besser gewesen, wenn du das abgesprochen hättest.«

Ich steckte den Schlüssel rein und ließ den Motor aufheulen. Die Katze sprang in einem Satz unter dem Auto hervor und ergriff die Flucht.

»Ja!«, rief ich ins Telefon und war plötzlich hellwach. Tut mir leid, hat sich etwas spontan ergeben, aber der Artikel ist es echt wert!«

Noch bevor Annemarie vernünftig »Okay, na dann ...« sagen konnte, drückte ich sie weg. Das Garagentor ging langsam auf. Ich wählte Annettes Kontakt. Kannte sie Sprachnachrichten? Egal. Alles egal, dachte ich wieder. Ich drückte auf den Aufnahmeknopf.

»Ich bin in zehn Minuten bei dir. Wir fahren in die Schweiz.«

Dann warf ich mein Handy auf den Beifahrersitz und schoss mit dem Auto aus der Garage.

10

Annette wartete bereits vor dem Altersheim auf mich. Sie trug wieder ihre dunkle Sonnenbrille und hatte ein Tuch um den Kopf geschlungen. Neben ihr stand eine Pflegerin, die zwei riesige Koffer brachte. Es sah aus, als hätte Annette für diesen Zweitagestrip ihr ganzes Leben eingepackt. Noch bevor ich vernünftig parken konnte, rollte Annette auf mich zu und öffnete die Beifahrertür. »Hast du die Nachrichten heute gelesen?«

Ich war verwirrt. »Was?«

Sie winkte ab. »Schon gut!«

Die Pflegerin verstaute das Gepäck im Kofferraum. Dann half sie Annette aus dem Rollstuhl und hievte sie in den Beifahrersitz. An ihrer Brust hing ein Namensschild, es war Frau Lingenfeld. Annette schnallte sich rasch an und sprach aufgeregt. »Wir brauchen so sieben Stunden, ich kenne ein gutes Gasthaus, da können wir übernachten. Ich übernehme alle Kosten!«

Frau Lingenfeld hatte jetzt auch den Rollstuhl auf der Rückbank verstaut und kam zu Annette an die Tür.

»Sind Sie sich sicher …?« Annette knallte ihr die Tür vor der Nase zu.

»Los gehts!«, rief sie.

Durften alte Leute einfach so aus dem Altersheim abhauen, wann und wie sie wollten?

»Jetzt los, fahr! Auf die Autobahn!« Sie hatte die Energie eines Verbrechers auf der Flucht.

Annette sah hinter uns das Altersheim kleiner werden und kicherte.

»Freut mich, dass du dich umentschieden hast. Und unser alter Deal steht?«, fragte sie vorsichtig. »Es hat sich nichts verändert?«

»Nein, nichts verändert«, sagte ich, »ich fahr dich hin, du erzählst mir endlich alles, ich fahr dich zurück.«

Annette nickte zufrieden. Das Adrenalin, das mich noch vor ein paar Minuten angetrieben hatte, ließ nach. Sieben Stunden hin, übernachten, sieben Stunden zurück. Was hatte ich mir dabei gedacht? Was, wenn Annette etwas passierte? Durfte ich sie überhaupt einfach so irgendwohin fahren? Ich schob die Bedenken beiseite. Schließlich trug ich nicht die Verantwortung für sie.

Das Auto fuhr sich anstrengend. In jeder Bewegung spürte ich die Mechanik, die das Auto zusammenhielt. Ich musste den langen Schaltstab wirklich in die Gänge pressen, die Bremse wirklich in den Boden drücken, Hydraulik, Zahnräder, Walzen, alles musste in Bewegung gesetzt werden. Ich hatte das Gefühl, als würde ich zum ersten Mal so richtig Auto fahren.

Bisher hatte anscheinend nicht ich das Auto gefahren, sondern das Auto mich.

»Wo hast du denn den Wagen her?«, fragte Annette. »Bist du im Jahr 1960 eingebrochen?«

»Ach, der gehört meinem Vater«, meinte ich.

»Und du darfst ihn dir einfach so ausleihen?«

Ich zuckte mit den Schultern.

Annette grunzte. »Das ist ein Mercedes Pagode«, sagte sie, »damit sind früher nur die richtig Reichen rumgefahren. Der hat bestimmt hunderttausend Euro gekostet.«

Ich biss die Zähne zusammen. Mir war klar, dass der Wagen wertvoll war. Aber hunderttausend Euro? Das war mir neu. Mein ganzer Körper verspannte sich. Mein Vater arbeitete als Ingenieur, sein Gehalt war okay. Und ich weiß nicht genau, wie es mit einer Lebensversicherung bei meiner Mutter ausgesehen hatte aber Geldprobleme hatten wir jedenfalls nie. Trotzdem waren hunderttausend Euro ... eben hunderttausend Euro, das konnten wir uns doch niemals leisten. Mein Papa würde vermutlich noch die nächsten fünf Jahre Raten für das Auto abbezahlen. Was hatte er sich denn dabei gedacht? Annette sah, wie sich meine Stirn in Falten legte.

»Weiß dein Vater, dass du den Wagen ausgeliehen hast? Oder sucht in ein paar Stunden die Polizei nach uns?«

Ich schüttelte den Kopf. »Der ist auf der Arbeit. Der

weiß nicht einmal, dass der Wagen weg ist. Ich rufe ihn heute Abend an und erkläre alles.«

Annette überlegte. »Okay«, sagte sie schließlich.

Ich konnte es immer noch nicht ganz fassen. Hunderttausend Euro. Papa würde auf jeden Fall sofort die Polizei rufen, wenn er sah, dass der Wagen weg war. Oder einen Herzinfarkt bekommen. Dass ich weg war, würde er wahrscheinlich gar nicht merken …

Neben uns tauchte die Tankstelle mit den Käsesnacks auf.

»Hier vorne auf die Autobahn«, sagte Annette, »und später einfach Richtung Karlsruhe.« Ich wurde langsamer und starrte die Auffahrt an, wie ich sie schon tausendmal angestarrt hatte. Dann drückte ich das Gaspedal durch.

Fahren war nicht nur anstrengender, sondern auch lauter als gewohnt. Der Wind brauste in einem dauerhaften Dröhnen am Auto vorbei. Der Wagen rasselte fast so schlimm wie Annettes Lunge. Was wohl älter war, der Wagen oder Annette?

»Ich hab Thomas bestimmt seit zehn Jahren nicht mehr besucht«, sagte Annette plötzlich, »dabei ist er erst drei Jahre tot.«

Sie hustete laut in ihren Ärmel.

»Habt ihr euch getrennt?«

»Ja. Natürlich haben wir uns getrennt.« Sie holte ein Taschentuch hervor und hustete noch einmal.

»Glaubst du, der liegt in der Schweiz, weil ihm der Boden da besser gefällt? Der liegt da, weil wir uns getrennt haben und er dann in die Schweiz gezogen ist.«

»Das tut mir leid«, sagte ich.

»Ja«, sagte Annette, »aber so ist das halt.«

Wir schwiegen ein wenig. Ich kam mir kindisch vor. Ich hatte mich auf diese Fahrt eingelassen, um meine Karriere voranzubringen und einfach mal etwas Spannendes zu erleben, aber dass da eine alte Frau neben mir saß, die jetzt durch mich ihren Mann noch einmal besuchen konnte, daran hatte ich keine zwei Sekunden gedacht. Eigentlich hätte das mein erster Gedanke sein sollen.

»Wie habt ihr euch denn kennengelernt?«, fragte ich.

Annette sah mich an.

»Er war ein Vertreter. So einer von denen, die von Tür zu Tür gehen und versuchen, dir Sachen aufzuquatschen.«

Ich musste grinsen. »So Sachen wie Dosenöffner?«

»Ja«, sagte sie, »so Sachen wie Dosenöffner.« Sie faltete ihr Taschentuch und steckte es weg, holte aber prophylaktisch schon das nächste hervor. »Und du?«

»Was ist mit mir?«, fragte ich.

»Hast du 'ne Freundin? Oder 'nen Freund?«

»Nein«, sagte ich, »hat sich noch nicht ergeben.«

Annette grunzte abschätzig.

»Ich hoffe, du wartest nicht auf die Richtige.«

Ich sah sie fragend an.

»Na, alle tun immer so, als gäbe es die eine Richtige. Oder den einen Richtigen. Als ginge es in einer Beziehung nur darum, den richtigen Partner zu haben. Dabei kann man mit fast jedem glücklich werden.«

»Na ja, ich bin mir ziemlich sicher, dass es schon ein bisschen an der Person liegt«, sagte ich, »oder hättest du auch mit Hitler glücklich werden können, wenn du dir nur Mühe mit der Beziehung gegeben hättest?«

Sie lachte in ihr neues Taschentuch.

»Nein, natürlich liegt es auch an der Person«, ihr Lachen wurde wieder zu Husten. Ich glaube, Reden tat ihr nicht so gut. Sie sprach trotzdem weiter.

»Ich meine nur, dass es nicht bloß die EINE Person gibt, für die man bestimmt ist. So wie es immer im Märchen ist. Es gibt bestimmt Hunderte, mit denen man arbeiten kann.«

»Arbeiten«, wiederholte ich spöttisch. »Klingt nicht grad romantisch.«

»Warum?«, fragte Annette, »ich finde die Idee, dass man sich zusammen was aufbauen muss, wesentlich romantischer, als dass man nur den oder die Richtige treffen muss, und dann kommt das ewige Glück von alleine. Und wenn die Leute mal ehrlich wären, wüsste man das auch. Jeder ist mal unglücklich in der Beziehung. Und dann arbeitet man daran und wird weniger unglücklich. Und das geht mit fast jedem. Man ist für niemanden bestimmt. Hauptsache, man versteht sich gut und es kommt nichts dazwischen, dann kann die Beziehung funktionieren. Man muss es nur wollen.« Sie hustete unzufrieden. »Thomas wollte nicht. Jetzt liegt er in der Schweiz.«

Ich kaute auf dem Gedanken herum, aber er schmeckte mir nicht. »Sorry«, sagte ich und schüttelte den Kopf, »Aber: ›Und sie lebten einigermaßen glücklich und mussten bis ans Ende ihrer Tage stetig an ihrer Beziehung arbeiten‹ klingt schrecklich. Ich hab die Märchenversion lieber.« Annette lächelte.

Die Landschaft um uns herum verlief seit Stunden grau in grau. Annette fungierte als Navi und wies mich an, diesen oder jenen Schildern zu folgen. Auf der Höhe von Karlsruhe machten wir dann eine kurze Pause. Ich tankte den Wagen voll, und wir parkten vor einer Raststätte. Annette protestierte lautstark. Sie wollte, dass wir ohne Pause durchfahren, und alleine der Gedanke, etwas essen zu gehen, schien sie aus irgendeinem Grund nervös zu machen. Allerdings hatte sie für ihren Standpunkt keine überzeugenden Argumente, während ich einen großen Katerhunger und die Autoschlüssel hatte. Also setzte ich mich durch und wir gingen in die Raststätte. Wir zahlten zu viel Geld, um aufs Klo zu dürfen, bekamen dafür ein paar Sanifair-Bons und für diese dann wiederum beim Buffet einen minimalen Rabatt auf pampiges Essen, für das sich selbst jede Mikrowelle zu schade wäre. Beim Essen griff ich nach meinem Handy, fand es aber nicht in meiner Hosentasche. Vielleicht habe ich es im Auto vergessen, dachte ich. Aber auch später im Auto fand ich es nirgends. Ich suchte unter den Sitzen, zwischen den Sitzen, auf den Sitzen, aber fand nichts, nichts außer Panik.

»Was ist denn? Können wir weiter? Was suchst du?«, fragte Annette schließlich genervt.

»Mein Handy! Wo ist mein Handy?!«, rief ich, als würde man auf mich einstechen.

»Hast es halt zu Hause vergessen«, meinte Annette und stieg ins Auto, »lass uns weiterfahren.«

Ich dachte nicht daran und lief noch einmal den Weg zum Rastplatz ab, wobei ich mir jeden Millimeter Boden ansah. Auf keinem davon lag mein Handy. Im Rastplatz zahlte ich erneut für die Klos, nur um ergebnislos jedes Pissoir nach meinem Handy zu befragen, und stieg danach dem Mitarbeiter beim Essensbuffet beinahe auf die Kasse. »Wurde hier ein Handy abgegeben?!«

Nach knapp zwanzig Minuten Suche gab ich mich geschlagen und kehrte zum Auto zurück. Annette wartete auf dem Beifahrersitz.

»Jetzt komm endlich«, sagte Annette, »wir müssen weiter! Das Handy ist doch egal!«

»Und was ist, wenn mich mein Vater anruft?«, sagte ich aufgeregt. »Wie soll ich den denn jetzt erreichen?«

»Kannst du ihn nicht mit meinem Handy anrufen?«, fragte sie und hielt mir ihr Telefon hin.

»Nein! Ich kann seine Handynummer nicht auswendig!«, sagte ich. »Niemand unter vierzig kann noch irgendeine Handynummer auswendig!«

»Und die Festnetznummer?«

Wir hatten tatsächlich noch ein Festnetz, daran hatte ich nicht gedacht.

»Papa ist noch auf der Arbeit, aber ich könnte auf den Anrufbeantworter sprechen«, meinte ich.

»Dann mach eben das«, sagte Annette.

Ich nahm ihr Handy und ließ es klingeln. Was genau wollte ich eigentlich sagen? Endlich sprang der Anrufbeantworter an. Eine Stimme, die klang wie der leicht zurückgebliebene Bruder von Siri, sagte mir, ich könne eine Nachricht hinterlassen, dann piepste es, und plötzlich musste ich sprechen. »Ähh, hi«, stammelte ich, »hier ist Timur. Ich hab mir dein Auto ausgeliehen. Bin morgen wieder da. Tut mir leid.«

Mehr wusste ich nicht zu sagen. Ich legte auf, um das Band nicht mit Stille zu füllen.

Annette sah mich mit hochgezogenen Augenbrauen an.

»Meinst du, er hört es ab?«

Ich stieg ins Auto.

»Keine Ahnung. Glaube nicht. Ich glaube, der rennt sofort zur Polizei, wenn er nach Hause kommt und sieht, dass das Auto weg ist.«

»Und du weißt nicht, wann genau er heimkommt?«
Ich schüttelte den Kopf. »So circa in drei Stunden. Ist immer ein bisschen unterschiedlich ...«

»Hm«, grunzte Annette, »dann versuchen wir es einfach später noch mal, wenn wir angekommen sind.«

Viel mehr konnten wir tatsächlich nicht tun. Ich schloss die Tür. Hoffentlich kriegt mein Vater vor Schreck nicht einen Herzinfarkt, dachte ich und drückte aufs Gas.

11

Das »Gasthaus«, das Annette ansteuerte, war eigentlich ein kleines Hotel und wesentlich hipper und moderner, als die Bezeichnung Gasthaus vermuten ließ. An der Rezeption empfing uns ein circa zwei Meter großer, pickliger Junge. »Grüezi!«, rief er. Auf seinem Namensschild stand »Johannes«. Ich blickte an Johannes hoch, wie man manchmal an großen Türmen oder Hochhäusern hochblickt, bis einem schwindelig wird. Seine Haare hatte Johannes an den Seiten kurz rasiert und oben zu einem kleinen Dutt gebunden, sodass sein Kopf aussah wie eine Zwiebel. »Was cha ich für euch tun?«, fragte er.

Annette klopfte mir auf die Schulter. »Du machst das mit der Anmeldung«, sagte sie, »ich muss dringend mal weg.« Sie rollte auf eine Tür zu, die als Klo ausgewiesen war.

»Wir brauchen zwei Zimmer für eine Nacht«, sagte ich.

»Für dich und deine Großmuetter, oder?«, sagte Zwei-Meter-Johannes und reichte mir ein Klemmbrett. Er versuchte hochdeutsch zu reden, aber manchmal kam noch ein wenig Schweizerdeutsch mit durch. »Dann gebe ich dir mol dieses Formular zum Ausfüllen«.

Ich kritzelte meine Daten aufs Blatt und starrte dabei Johannes und seine lächerliche Frisur an. War das jetzt Mode? Für mich war das immer unmöglich auszumachen, und ich verstand auch nicht genau, wie Modetrends anfingen. Aus meiner Sicht machten Menschen um mich herum irgendwann einfach eigenartige Dinge, wie sich die Hosenbeine hochzukrempeln, als wäre eine Hochwasserwarnung rausgegangen, oder sich die Köpfe zu Zwiebeln zu frisieren. Wer sagte diesen Menschen Bescheid, dass das jetzt nicht mehr lächerlich, sondern cool war? Jedes Mal, wenn ich irgendeine modische Absurdität sah, musste ich mich erst einmal umschauen, wie viele Menschen ebenfalls so herumliefen, und wenn es eine Menge Menschen waren, versuchte ich meine Verachtung dafür runterzuschlucken, weil ich dann vermutlich in ein paar Wochen auch so rumlaufen würde. Hätte Johannes mit derselben Selbstverständlichkeit, mit der er seine Zwiebelfrisur trug, einen Pissfleck an der Hose getragen, ich hätte meinen Ekel hintenangestellt und erst einmal geschaut, ob noch mehr Menschen so einen Pissfleck haben.

Johannes bewegte sich und seine Frisur aus meinem Sichtfeld, und hinter ihm kam eine Uhr zum Vorschein, deren Zeiger mich anschrien. Sie standen auf »Vergiss nicht deinen Vater anzurufen!« und »Du Vollidiot!«. Mein Vater müsste jetzt schon längst nach Hause gekommen sein.

Annette war immer noch auf dem Klo verschwunden. Ich winkte Johannes wieder zurück.

»Kann ich vielleicht kurz telefonieren?«, fragte ich.

»Joa sicher«, sagte er und reichte mir dann ein dickes Telefon.

Ich wählte unsere Festnetznummer. Es klingelte. Ich hab ihn verpasst, dachte ich, ganz sicher. Mein Vater war bestimmt schon heimgekommen und wieder gegangen.

Es klingelte.

Ich sah ihn schon auf der Polizeiwache. Wie er komplett aufgelöst Rotz und Wasser heulte und schluchzte: »Sie haben mein Auto geklaut! Mein geliebtes Auto!«

Es klingelte.

Vielleicht hatte er auch wirklich einen Herzinfarkt bekommen und lag tot in der Wohnung. Da knackte es plötzlich.

»Hallo?«

»Papa?«, fragte ich.

»Timur! Wo bist du?«

Ich zögerte ein wenig.

»Ich hab dein Auto«, sagte ich. »Sorry! Aber ich bin morgen wieder da und bringe es zurück. Ich hoffe, du bist nicht schon zur Polizei gegangen.«

Jetzt rastet er aus, dachte ich. Ich erwartete Ärger. Und ich erwartete Fragen, Tausende Fragen. Aber es kam nur eine. Die eine, mit der ich nicht gerechnet hatte.

»Geht es dir gut?«

Er klang nicht wütend. Er klang besorgt.

»Ja, Papa«, sagte ich. »Ich bin morgen wieder da. Du brauchst dir keine Sorgen zu machen.«

Stille in der Leitung. Mein Vater sagte nichts mehr. Und auch ich wusste nicht, was ich noch zu sagen hatte. Dann legte ich auf. Ohne ihm zu sagen, dass mein Handy weg war und er mich darum nicht erreichen konnte. Oder was ich eigentlich gerade machte. Oder wo ich war. Ich überlegte, noch einmal anzurufen, aber da kam Annette zurück.

»Ist alles geklärt?«, fragte sie.

Ich ließ das Telefon liegen. Egal, dachte ich, er hätte das ja auch alles fragen können. Hatte er aber nicht. Jetzt wusste er Bescheid, das Problem war gelöst.

»Fast fertig. Musst nur noch paar Sachen zu dir ausfüllen«, sagte ich und schob das Telefon zurück zu Johannes.

Annette kritzelte ihren Namen und ein paar Daten aufs Formular. »Reicht es, wenn nur er seinen Personalausweis dalässt?«, fragte sie.

»Joa, denke schon«, antwortete Johannes.

»Und kann man auch in bar zahlen?«

Johannes zuckte mit den Schultern. »Wenn Sie wollen?«, sagte er und gab uns jeweils eine der Karten, die als Zimmerschlüssel dienten.

Annettes Koffer rissen mir beinahe die Arme aus, als ich sie zu ihrem Zimmer schleppte. Was hatte diese Frau alles für eine Nacht gepackt?

Ich hatte wiederum nicht mal einen einzigen Koffer dabei. Mein gesamtes Gepäck bestand aus meinem Portemonnaie und meinem Schlüssel. Als ich mein Handy verloren hatte, hatte ich ein Drittel meines gesamten Gepäcks verloren. Es war aufregend gewesen, so spontan und unvorbereitet loszufahren und einfach meinem Bauchgefühl zu folgen. Aber zumindest eine Zahnbürste hätte ich mir wirklich noch greifen können.

Annette schloss ihr Zimmer auf und rollte hinein.

Mein Zimmer war direkt nebenan. Ich steckte die Karte nach dem Eintreten in die dafür vorgesehene Halterung, wodurch die Lüftung im Bad ansprang und anfing, durch den gesamten Raum zu brummen. Von der großen Fensterfront direkt neben dem Bett drang Licht herein, welches sich in dem massenhaften Staub in der Luft verfing. Ich streifte mir die Schuhe von den Füßen und ließ mich aufs Bett fallen. Die frisch bezogene Bettdecke fühlte sich an wie aus Pappe. Ich begrub meine Beine darunter und wusste nichts mit mir anzufangen. Zum ersten Mal machte mir meine unfreiwillige Handy-Abstinenz so richtig zu schaffen. Ich spürte regelrecht, dass mir etwas fehlte, als hätte ich nicht mein Handy, sondern einen

Arm oder ein Bein verloren. Obwohl ich wusste, dass es nicht da war, tastete ich immer wieder danach. Es war ein Reflex. So funktionierte anscheinend einfach mein Körper. Bei Pfeffer in der Nase: niesen, bei Langeweile: nach dem Handy greifen. Wie zur Hölle hatte ich das Handy verloren, wenn ich doch immer alle paar Sekunden danach tastete? Ich war mir zu hundert Prozent sicher, dass ich das Handy nicht auf dem Rastplatz verloren hatte. Irgendetwas stimmte einfach nicht. Irgendetwas übersah ich. Aber ich kam nicht darauf, was.

Abgesehen von der Langeweile und der Nervosität fühlte ich mich ohne Handy außerdem ziemlich einsam. Normalerweise war Kontakt zu anderen nur einen Daumendruck entfernt. Jetzt war ich plötzlich komplett abgeschnitten von allem, was gerade passierte. Keine Push-Nachrichten über Trump, keine Instagram-Stories darüber, was Özlem gerade frühstückte, ich war alleine.

Ich griff nach der Fernbedienung und schaltete den Fernseher ein, um mich etwas abzulenken. Wenn ich schon keinen kleinen Bildschirm hatte, vielleicht half mir dann ein großer.

Auf RTL ZWEI lief gerade eine Doku über Jack the Ripper. Der Erzähler raunte aufgeregt: »Wird das Geheimnis endlich gelüftet?«, dann ging es in die Werbung. Entweder hatte man tatsächlich rausgefunden, wer Jack the Ripper war und sich dazu entschieden diese Information der Welt um 19:45 Uhr auf RTL ZWEI mitzuteilen, oder aber die Antwort auf die Frage war »Nein«. Ich zappte weiter und landete bei irgendeiner Panel-Show. Eine Handvoll Promis sollte raten, ob es die vorgeführte Erfindung wirklich zu kaufen gab oder ob sie erfunden war. Ich ließ die Show laufen, ohne sie mir wirklich anzugucken. Einfach um Gesellschaft zu haben. Aber es half nicht viel. Ich fühlte mich nicht nur wegen des fehlenden Handys einsam, es war die gesamte Situation, die mich so bedrückte. Wenn ich zu Hause allein im Bett vor dem Fernseher lag, dann lag ich zumindest immer noch in MEINEM Bett, vor MEINEM Fernseher. Aber in diesem Zimmer hatte ich zu nichts eine Beziehung, und nichts in diesem Zimmer hatte eine Beziehung zu mir. Gestern hatte jemand anders hier gelegen, morgen würde wieder jemand anders hier liegen. Ich war dem Raum so egal wie der Raum mir. Es gab nichts, was mich hier festhielt, es war, als wäre ich gar nicht wirklich hier.

Ich schloss die Augen und drückte mein Gesicht ins Kissen. Meine Kindheit war so nah an mir dran, dass ich noch wusste, wie Sand schmeckt, und in diesem Moment spürte ich das ganz deutlich. Was machte ich hier? Warum war ich nicht zu Hause? Warum war ich nicht bei meinem Vater?

Plötzlich klopfte es. Ich sprang vom Bett und hastete zur Tür. Annette stand im Hotelflur. »Ich glaube, unten gibt es eine Hotelbar«, sagte sie, »magst du mit mir gucken, wie die aussieht?«

Die Hotelbar stellte sich als ziemlich mickrig heraus und war außerdem unbesetzt. Wir blieben trotzdem. Annette saß mir in ihrem Rollstuhl gegenüber. Anders als sonst trug sie weder Sonnenbrille noch Kopftuch. Ihre grauen Augen rannten durch den Raum, und ihre noch graueren Locken wippten bei jeder Bewegung.

»Was willst du trinken?«, fragte sie. »Ich geb einen aus.« Ich sah mich nach einer Bedienung um, aber wir waren allein. »Ist Whisky o. k.?«, fragte Annette. Ich zuckte mit den Schultern.

»Ja«, sagte ich, »aber ...« Auf einmal rollte Annette vom Tisch weg, direkt auf die Bar zu. Ich lächelte nervös. Was hatte sie vor? Wusste sie, dass es hier keine Selbstbedienung gab? Ihr Rollstuhl passte nicht durch die kleine Öffnung, die einen hinter den Tresen ließ, aber das hielt sie nicht ab. Sie stand einfach mit zittrigen Beinen auf, benutzte den Tresen als Geländer und tapste tapfer zum Regal, auf dem die ganzen Flaschen mit Alkohol arrangiert waren. Ich rutschte in meinem Sessel hin und her und sah mich um, ob jemand kam. Aber wir waren allein. Annette streckte sich nach einem teuren Whisky, kam aber nicht ganz dran. Ich wollte aufstehen und helfen, aber sie scheuchte mich wütend zurück.

»Ich hab's gleich!«

Ihre Fingerspitzen griffen nach der Flasche, streiften sie aber nur, sodass sie sich kunstvoll um sich selbst drehte und dann herunterflog. Beim Turmspringen hätte es dafür zehn Punkte gegeben. Wobei der Aufprall weniger kunstvoll war. Die Flasche klirrte laut, und der Whisky spritzte über den Hotelboden. Annette erstarrte und sah mich an wie ein Reh das Scheinwerferlicht. Das Geräusch hallte im ganzen Gebäude nach. Ich rechnete damit, dass jeden Moment Johannes um die Ecke gesprintet kommen würde, um uns rauszuschmeißen. Aber weder er noch seine lächerliche Zwiebelfrisur waren in Sicht. Wir blieben allein. Annette zuckte erleichtert mit den Schultern. »Zeit für Plan B«, sagte sie und griff nach einer billigeren Whiskyflasche etwas weiter unten im Regal. Ich lachte.

Als sie mit der gesamten Beute unterm Arm, einer Flasche Jack Daniels und zwei Gläsern, zurück an den Tisch gerollt kam, klatschte ich Beifall.

»Bravo!«, sagte ich, und sie senkte ihren Kopf zu einer kleinen Verbeugung. Ich schenkte uns ein, und wir stießen an.

Der Hochprozentige kroch mir direkt in die Nase, und ich verzog das Gesicht. Pur war Whisky nicht so meins. Annette lachte und kippte ihren Schluck runter, ohne mit der Wimper zu zucken.

»Das ist unfair«, sagte ich, »meine Geschmacksnerven leben halt noch.« Sie lachte und goss nach.

»Wir sollten eh nicht so viel trinken, wir haben morgen noch was vor.«

»Stimmt«, sagte ich und prostete ihr zu.

»Ich hoffe, wir finden das Grab überhaupt«, sagte sie, »ich war seit der Beerdigung nicht mehr da.«

»Warum eigentlich nicht?«, fragte ich.

Annette schaute in ihr Glas.

»Ich weiß nicht«, sagte sie, »wieso sollte ich denn? Ich brauch kein Grab, um Abschied zu nehmen. Ich verabschiede mich schließlich von dem Menschen und nicht von seinem verrottenden Körper. Ist doch egal, wo der liegt.« Sie sah sich um. »Wahrscheinlich liegen hier, wo wir gerade sitzen, auch hundert Menschen unter der Erde. Die ganze Welt ist ein einziges Grab. Was macht den Friedhof so besonders?«

Sie atmete schwer und griff nach ihrem Taschentuch, musste aber doch nicht husten.

»Und was machen wir dann hier?«, fragte ich, »Warum hab ich dich dann bis in die Schweiz gefahren?«

Der Huster schaffte seinen Weg doch noch aus Annettes Lunge, und sie keuchte krampfhaft in ihr Taschentuch. Ihre längeren Hustenanfälle klangen immer sehr schmerzhaft. Es war wirklich unangenehm, nichts tun zu können, außer so mitfühlend wie möglich zu schauen und abzuwarten, bis es vorbei war. Ein bisschen so, wie wenn andere für einen Happy Birthday singen. Endlich beruhigte sich Annettes Husten wieder.

»Ach«, sagte sie und keuchte noch ein wenig, »ich bin nicht nur fürs Grab hier. Ich bleibe länger in der Schweiz.«

»Was?«

Darum die beiden riesigen Koffer, dachte ich, sie hatte tatsächlich ihr ganzes Leben eingepackt.

»Darfst du das denn?«, fragte ich aufgebracht, »Musst du nicht dem Altersheim irgendwie Bescheid geben oder so?«

»Warum denn? Du tust so, als wäre ich da eine Gefangene. Ich such mir morgen hier ein neues Heim und bleib dann da.«

Ich schnaubte abschätzig.

»Du kannst nicht einfach so in Altersheimen ein- und auschecken, das sind keine Hotels.«

Annette zuckte mit den Schultern. »Kann dir doch egal sein. Fahr mich morgen einfach zum Grab, und ich erzähle dir die Story zu Ende. Danach trennen sich unsere Wege wieder. Ich hab, was ich wollte, und du hast, was du wolltest. Der Deal ist durch.«

Ach ja, die Story. Die hatte ich beinahe vergessen. Dabei war ich wirklich nur deswegen hier. Eigentlich. Aber ich konnte doch nicht einfach allein wieder zurückfahren und Annette hierlassen?

»Was ist denn mit deiner Familie?«, fragte ich. »Weiß die Bescheid? Machen die sich keine Sorgen?«

Annette nahm einen Schluck Whisky aus ihrem Glas. »Glaube nicht«, sagte sie, »ich habe eine Tochter, aber wir reden nicht viel miteinander. Unser Verhältnis ist eher ... distanziert.«

»Das tut mir leid«, sagte ich.

Annette winkte ab. »Schon gut, ich hab's verdient. Ich dachte, ich muss sie dazu bringen, was Richtiges mit ihrem Leben anzufangen, sonst bereut sie es später. Aber jetzt ist später. Und sie ist immer noch Musikerin und glücklich damit. Sie hat das einzig Richtige mit ihrem Leben angefangen, sie hat das draus gemacht, was sie glücklich macht. Ich hatte unrecht.«

Annette schob den Gedanken beiseite. »Und sonst macht sich niemand Sorgen«, sagte sie, »zumindest nicht meinetwegen.«

Sie trank noch einen Schluck und hustete.

»Was ist mit dir?«, fragte sie. »Weiß dein Vater jetzt, dass du dir das Auto geliehen hast?«

Ich nickte. »Hab ihn noch erreicht.«

»Und er ist einverstanden?«

»Ich glaube, er ist überhaupt nicht einverstanden, aber ist doch egal.«

Annette sah mich schief an.

»Wenn du meinst«, sagte sie, »und deine Mutter?«

Ich schüttelte den Kopf. »Die hat mit nichts mehr ein Problem. Die ist tot.«

»Das tut mir leid«, sagte Annette, und diesmal winkte ich ab.

»Plötzlicher Herztod. Aber das ist schon sehr lange her.«

Ich schwenkte mein Glas und sah dem Whisky beim Schaukeln zu.

»Soll ich dich dann morgen zu einem Altersheim fahren?«, fragte ich. »Um sicherzugehen, dass alles klappt mit dem Einzug?«

Annette lächelte. »Nein, du hast mich schon genug gefahren. Ich rufe mir einfach ein Taxi. Und natürlich klappt alles. Sobald ich im Altersheim bin, schreibe ich dir, wenn dich das beruhigt.«

Ich hatte kein gutes Gefühl dabei. Aber was sollte ich tun? Sie hatte ja recht. Sie war mehr als erwachsen. Und ich war auch nicht für sie verantwortlich.

»Na gut«, sagte ich. Annette nickte zufrieden.

So langsam wurde ich müde. Ich dachte an mein einsames, fremdes Hotelbett mit der Decke aus Pappe und bereute die Müdigkeit. Ich hatte nicht einmal etwas dabei, um mir die Zähne zu putzen.

»Hast du zufällig etwas Zahnpasta, die ich mir später leihen kann?«, fragte ich Annette. »Ich hab vergessen, mir Zahnpasta einzupacken. Oder eine Zahnbürste. Oder irgendwas.«

Annette grunzte. »Tut mir leid, ich habe keine Zahnpasta«, sagte sie, »ich hab ja nicht mal echte Zähne.«

Wir lachten beide.

Später fiel ich leicht beschwipst ins Bett. Ohne Zahnpasta, dafür mit Whisky im Bauch. Der brannte angenehm, und die Wärme tat gut gegen die Einsamkeit. Trotzdem konnte ich nicht gleich einschlafen, denn ich lag auf ein paar unbequemen Gedanken. Was war nur mit Annette? Wieso konnte sie anscheinend einfach so in Altersheime rein- und rausspazieren? So funktionierte das doch nicht. Oder? Und was war mit meinem Handy? Ich war mir immer noch sicher, dass ich es nicht verloren hatte. Aber was war dann passiert? Wie konnte es einfach verschwinden?

Es dauerte, aber irgendwann besiegte mich der Schlaf, und die unbequemen Gedanken wurden zu unbequemen Träumen. Antworten fand ich in dieser Nacht keine.

12

Der Friedhof lag bloß ein paar Minuten vom Hotel entfernt. Ich parkte den Wagen, ließ die Koffer hinten liegen und half Annette in ihren Rollstuhl. Sie hatte mich früh am Morgen aus dem Bett geklopft, was gut war, denn ohne Handy hatte ich keinen Wecker, und ohne Wecker hätte ich vermutlich den ganzen Tag verschlafen.

Beim Auschecken hatte Zwiebelfrisur-Johannes uns eindringlich angeguckt und gefragt, ob uns gestern Nacht irgendwas aufgefallen sei. Jemand habe nämlich an der Hotelbar randaliert. Annette hatte daraufhin so unschuldig »Nein, das ist ja schrecklich« gesagt, dass ich kurz dachte, wir hätten wirklich nichts damit zu tun. Ihr hinterhergeschobenes »Wir fahren jetzt auf den Friedhof, um meinen toten Mann zu besuchen« war dann das Sahnehäubchen auf der Kirsche der Unschuld. Leider gab es wohl eine Überwachungskamera, auf der wir beide einwandfrei zu identifizieren waren. Annette hatte nach dieser neuen Information nicht lange überlegt und Johannes beim Bezahlen noch ein Bündel Geldscheine als »Entschädigung« oben draufgelegt. »Das letzte Hemd hat keine Taschen!«, hatte sie dabei wieder zu mir gesagt. Und zu Johannes: »Vom Rest kannst du noch zum Friseur«, was mich sehr zum Lachen gebracht hatte.

Ich schob Annette durch das Haupttor. Der Friedhof lag direkt an einer Straße, aber sobald wir ein paar Meter hinter seinen Steinmauern waren, wurde es plötzlich ganz still. Selbst der Wind flüsterte nur noch. Annette hatte ein paar Blumen auf ihrem Schoß, die wir auf dem Weg gekauft hatten, um sie am Grab niederzulegen. Ich hatte mir außerdem einen Stift und einen neuen Notizblock gekauft, damit ich später mitschreiben konnte, wenn Annette vom Dosenöffner erzählte.

»Wo lang?«, fragte ich.

Annette deutete geradeaus. An den blattlosen Ästen der Bäume klebten vereinzelt Knospen, die darauf warteten zu blühen. Ich schob uns tiefer in den Friedhof hinein, und der Kies knirschte leise unter den Reifen des Rollstuhls.

Links und rechts des Wegs lagen Gräber. Sie wirkten nicht, als hätte man sie dort angelegt, sondern als wären sie einfach gewachsen, so wie die vielen Bäume und Blumen, das Gras und die Büsche gewachsen waren. Die Sonne zwinkerte uns hundertfach hinter den Pflanzen und Gräbern hervor zu, aber keiner ihrer Strahlen wärmte. Die Kälte kitzelte um die Ohren. Annette schien sie zu stark zu sein, sie zitterte. Ich hielt an und legte ihr meine Jacke auf den Schoß.

»Ist dir denn nicht kalt?«, fragte sie. Ich schüttelte den Kopf.

Sie zog die Jacke wie eine Decke bis zur Brust und legte ihre Arme schützend darüber. »Danke«, sagte sie. Dann sah sie sich um.

»Wir suchen einen Thomas Thielemann. Ich weiß leider nicht genau, wo er liegt. Aber der Stein ist ein großes Kreuz.«

Vor uns standen Hunderte große Kreuze.

»Okay«, sagte ich. »Du schaust links, ich rechts.«

Wir knirschten langsam über den Kies. Ich sah auf jeden Grabstein, der ein großes Kreuz war, und las die Namen. Markus Rosenthal, Sevim Gülen, Johanna Gertrud. Unwillkürlich rechnete ich ihr Todesalter aus. Siebenundsechzig, zweiundsiebzig, achtundfünfzig. Ich blieb an einem ganz kleinen Kreuz stehen. Tim Hegemann. Fünf.

Auch Annette starrte auf jedes Grab, und auf einmal fing sie an zu grinsen.

»Was ist?«, fragte ich.

»Ach«, antwortete sie, »mir ist nur aufgefallen, dass alle hier besser gekleidet sind als wir.«

Ich verstand nicht. Annette lachte.

»Selbst Thomas hat wahrscheinlich einen Anzug an, und der hat nie gern Anzug getragen!«

Jetzt verstand ich. Die Toten waren in Anzug und Sonntagskleid beerdigt worden und fabelhaft gekleidet, während ich Jogginghose trug. Ich lachte beschämt. Von außen muss das ein seltsamer Anblick gewesen sein. Da liefen eine alte Frau und ein junger Typ in Jogginghose durch den Friedhof und kicherten beim Anblick der Gräber wie Schulmädchen.

Der Friedhof wurde immer größer und größer. Wir kamen an einer kleinen Kapelle vorbei, dann an ein paar Gruften, aber nie an einem Thomas Thielemann. Statt zu enden, teilten sich die Kieswege und führten an immer mehr Gräbern vorbei. Annette hustete. Ich blieb stehen und wartete kurz, aber das Husten hörte nicht auf. Sie kramte nach einem ihrer Taschentücher und hechelte nach Luft. In der Hektik fiel ihr Blumenstrauß auf den Boden. Sie keuchte in das Tuch und erstickte den Husten nur langsam.

»Alles in Ordnung?«, fragte ich. Sie nickte, immer noch mit dem Taschentuch vor dem Mund. Ihre Atmung beruhigte sich allmählich. Dann wischte sie sich den Mund ab und steckte das Tuch weg. Ich hob den Blumenstrauß wieder auf und legte ihn zurück auf ihren Schoß. Annette sah sich die Blumen traurig an. Sie hatten ein paar Blütenblätter verloren. »Tut mir leid, dass wir jetzt so lange suchen«, sagte Annette. Ihre Stimme war durch das viele Husten noch rauer als sonst. »Ich hoffe, meine Geschichte ist gut genug für dich.«

»So wichtig ist mir die Geschichte gar nicht mehr«, sagte ich und war etwas überrascht darüber, dass es stimmte. Plötzlich hob Annette die Hand und deutete auf mich. »Da!«

Ich brauchte ein wenig, bis ich verstand, dass sie nicht auf mich, sondern hinter mich deutete. Direkt hinter mir war ein Grab mit einem Kreuz aus Stein. Thomas Thielemann. Zweiundsiebzig

Annette rollte an mir vorbei auf das Grab zu. Ich wollte erst hinterher, blieb aber dann stehen.

»Was ist?« fragte Annette.

»Ich glaube, ich lasse euch lieber etwas Zeit zu zweit«, sagte ich, »ihr habt euch schließlich lange nicht gesehen.«

Annette grunzte. »Okay«, sagte sie.

Etwas abseits stand eine Bank. Ich setzte mich und sah Annette von Weitem zu.

Sie legte ihre Blumen ab und starrte auf die Erde, in der Thomas lag.

Was sie wohl gerade im Kopf mit ihm beredete?

Unter genau so einem Haufen Erde liegt auch Mama und verrottet, dachte ich traurig. Ich konnte mir nicht vorstellen, dass ich irgendwann auch einmal unter der Erde liegen würde. Das Eigenartige am Tod ist, dass er einerseits so weit weg ist und andererseits so gewiss. Normalerweise ist es ja so: Je weiter etwas weg ist, desto mehr wird es zur Eventualität. Eine Verabredung in der nächsten Stunde findet sehr wahrscheinlich statt, aber in einem Monat, in einem Jahr, in zehn Jahren?

Mal gucken ... Aber beim Tod ist das anders. Er ist buchstäblich das Letzte, was einem passiert. Er ist so weit weg wie sonst nichts, aber gleichzeitig auch so sicher wie sonst nichts. Man muss sich nichts frei halten, mal schauen ob mans einrichten kann, mal sehen was dann ist, damit es klappt. Dass ein Termin in der nächsten Stunde abgesagt wird ist wahrscheinlicher als dass der Tod nicht stattfindet. Selbst ein Termin in einer Minute ist unsicherer, in einer Sekunde.

Annette rollte wieder auf mich zu.

»Wie wars?«, fragte ich ungeniert.

Annette zuckte mit den Schultern.

»Es macht keinen Spaß, mit Thomas zu streiten, wenn er nicht antwortet.«

Ich grinste.

Sie rollte sich so zur Bank, dass sie neben mir saß.

Ihr Atem ging schwer.

Mir wurde klar, dass das unser letzter Tag zusammen war. Der Gedanke trug eine Traurigkeit in sich, die ich nicht erwartet hatte.

»Irgendwie hatte ich mir das alles anders vorgestellt«, sagte Annette.

»Was genau?«

Annette überlegte kurz. »Alles«, sagte sie, »ich dachte immer, das Leben läuft auf irgendwas hinaus. Irgendwann kommt der Punkt, wo man im Leben hinsollte, und dann ist alles gut. So wie im Märchen.«

»Oder in Filmen?«, sagte ich.

Annette nickte. »Ja, oder in Filmen. Da läuft dann irgendwann der Abspann, und es gibt ein klares Ende. Aber in Wirklichkeit gibt es das nicht. Selbst wenn man den glücklichsten Moment seines Lebens hat, kommt kurz darauf der Moment danach. Und wenn man den traurigsten hat, dann auch. Es gibt immer ein Danach, es geht einfach weiter. Es gibt kein natürliches Ende. Keinen ... Abschluss.«

»Na ja«, sagte ich und deutete auf die vielen Gräber um uns herum, »außer dass man stirbt.«

»Ja, aber die wenigsten sterben in genau dem richtigen Moment«, meinte Annette. »Meistens stirbt man nicht passend. Eher zu früh oder zu spät. Eigentlich fast immer zwischen zwei Dingen, die man noch machen wollte.«

Ich schüttelte den Kopf, ohne zu wissen, warum.

»Das Leben läuft halt auf nichts hinaus«, sagte Annette noch einmal, »zumindest meiner Erfahrung nach.«

Ich sah zum Grab von Thomas Thielemann, auf dem jetzt ein Strauß Blumen lag.

»Wieso hast du dich eigentlich mit Thomas so zerstritten?«, fragte ich.

Annette kaute auf ihrer Lippe herum.

»Das hat tatsächlich was mit dem Dosenöffner zu tun. Da müsste ich ein wenig ausholen.«

»Das macht nichts«, sagte ich, »ich höre dir gerne zu.«

Annette lächelte.

»Weißt du noch, was ich dir letztes Mal erzählt habe?«

»Deine Mutter hatte eine Bar ...?«, sagte ich.

Annette nickte. »Und noch?«

Ich überlegte, aber viel mehr hatte ich mir damals nicht notiert. Es hatte nicht zu der Geschichte gepasst, die ich erzählen wollte, und darum hatte ich es mir nicht gemerkt.

Annette schnaubte. »Pass dieses Mal besser auf«, sagte sie, »diesmal erzähle ich alles. Erinnerst du dich noch an Willi?«

»War das der komische Typ aus dem Modekatalog?«, fragte ich.

»Mit dem reichen Vater«, ergänzte Annette und nickte.

Ich holte Block und Stift hervor. Der Wind floss durch die Bäume um uns herum und ließ die Seiten flattern. Diesmal wollte ich richtig zuhören. Nicht nur aus Interesse daran, was die Geschichte mir einbringen konnte, sondern aus echtem Interesse. An Annette.

Sie deutete in Richtung des Grabes.

»Also. Ich lernte Thomas kennen, als er versuchte, uns was zu verkaufen ...«

13

»Er war einer dieser Verkäufer, die von Tür zu Tür gehen und wie ein Vampir auf eine Einladung warten, damit sie eintreten können. Ich half gerade hinter der Theke, als er in die Bar kam. Er war ein großer Mann mit dünnen Beinen. Seine Haare hatten ein dreckiges Blond, und sein Schnurrbart sah aus, als wäre er angeklebt. Aber irgendwie mochte ich ihn sofort. Er schaute verstohlen zu mir hinüber. Etwas länger, als es sich gehört. Meine Mutter sprach ihn an.

›Was wollen Se?‹

›Ich, ähh‹, stotterte er, ›ich bin Verkäufer.‹

Er kramte aufgeregt in seiner Aktentasche.

›Mit diesem Schäler schälen Sie doppelt so viele Kartoffeln in der Hälfte der Zeit!‹, sagte er. ›Ich bin mir sicher, das wird Ihren Gästen gefallen, wenn sie nicht mehr so lange aufs Essen warten müssen!‹

Endlich fand er den Schäler in seiner Tasche und präsentierte ihn triumphierend. Meine Mutter sah ihn sich nicht einmal an.

›Meine Gäste warten überhaupt nicht aufs Essen‹, sagte sie, ›wir bieten kein Essen an.‹

›Oh.‹

›Und jetzt raus hier!‹

Thomas ging geschlagen davon, aber vorher sah er noch einmal zu mir herüber und lächelte.

Am nächsten Tag kam er wieder. Diesmal schlich er sich an meiner Mutter vorbei und baute sich direkt vor mir auf. Ich war wieder an der Theke und räumte gerade ein paar Gläser ein. Seine blauen Augen funkelten mich an.

›Guten Tag!‹, sagte er.

›Sie schon wieder?‹, sagte ich. ›Sie müssen diesen Kartoffelschäler wirklich dringend loswerden, oder?‹

Thomas nahm seinen ganzen Mut zusammen.

›Für Sie habe ich etwas anderes, etwas ganz Besonderes.‹

Er holte seine Aktentasche hervor und öffnete sie, ohne dass ich sehen konnte, was drin war. Das machte mich neugierig. Ich stellte die Gläser beiseite.

›Und zu einem unschlagbaren Preis.‹

Er nahm eine Karte aus dem Koffer. Darauf stand *Einladung*.

›Für den Preis von null Mark würde ich Ihnen gerne ein Abendessen mit mir verkaufen.‹

Ich musste lachen.

›Ich weiß nicht‹, sagte ich. ›Haben denn schon viele Kunden positive Erfahrungen mit dem Produkt gemacht?‹

Thomas war etwas aus der Bahn geworfen.

›Ja! Also nein, nicht viele, ich mache das nicht mit vielen, also, aber es ist postiv! Also ...‹

Annette lachte und sah rüber zum Grab von Thomas.

»Er war nie besonders schlagfertig«, sagte sie. »Wir gingen ein paarmal aus, und ich verliebte mich trotzdem in ihn. Weil wir jung und dumm waren, wurde ich schwanger, und weil die Zeit, in der wir lebten, jung und dumm war, heirateten wir gleich. Und dann ging alles ganz schnell. Wir zogen zusammen in eine kleine Wohnung, noch bevor wir uns wirklich vernünftig kennengelernt hatten. Ich hatte kurz nicht aufgepasst und mich verliebt, und plötzlich hatte ich einen Ehemann und eine Wohnung, und ein Kind war auf dem Weg, und das war jetzt mein Leben.«

Annette zog meine Jacke auf ihrem Schoß höher und starrte einem Gedanken hinterher.

»Ich dachte, das macht mich alles erwachsen«, sagte sie, »aber im Endeffekt sorgte es nur dafür, dass ich erwachsen aussah. Abends arbeitete ich weiterhin bei meiner Mutter in der Bar, und es fühlte sich nicht anders an als vorher. Nichts fühlte sich anders an als vorher.

Thomas war nur selten zu Hause. Als Vertreter musste er dauernd reisen. Die Berufung zum Verkäufer hatte er von seinem Vater. Der war damals mit der gesamten Familie nach Deutschland gezogen, um dort von Haus zu Haus zu gehen und Schweizer Schokolade zu verkaufen. Er dachte, das wäre eine geniale Idee, aber hatte die Logistik komplett unterschätzt. Ohne eine größere Firma, die den Einkauf und die Lagerung der Schokolade regelte, übernahm er sich völlig. Er blieb auf unverkaufter Ware sitzen und ging schließlich in die Privatinsolvenz. Ein früher Tod bewahrte ihn vor der Armut. Thomas blieb in Deutschland und übernahm alles von seinem Vater: die billigen Anzüge, die Sprüche, das Mantra des Aufstiegs, das ›Jeder ist seines Glückes Schmied‹, das ›Ohne Fleiß kein Preis‹, das ›Sich regen bringt Segen!‹.

Anders als sein Vater verkaufte Thomas aber nicht auf eigene Faust, sondern für eine Firma, die ihn mit Ware versorgte. Die Firma hatte eine ganze Abteilung an Verkäufern. Und innerhalb der Verkäufer gab es eine ganz eigene Hierarchie aus Verkaufsleitern und Unterverkäufern. Thomas war in der Hierarchie ganz unten. Wenn er was verkaufte, bekam erst sein Verkaufsleiter eine Provision und dann er. Er aß die Provisionskrümel, die herunterfielen. Aber er war hungrig nach mehr. Das waren wir beide.

In der Welt der Verkäufer werden einem permanent Träume vom Aufstieg und vom schnellen Geld hingehalten, wie einem Esel die Karotte an der Angel. Jeder Verkauf wird belohnt, jede Belohnung nährt den Ehrgeiz. Ab zehn abgeschlossenen Verträgen gab es einen Bonus von 30 Mark, ab 15 einen Stift mit persönlicher Gravur, und wer 25 Küchensets in einem Monat verkaufen konnte, bekam eine goldene Uhr. Der Bonus ist keine Belohnung, sondern ein Ansporn, um noch mehr zu verkaufen. Man bekommt etwas, damit man daran denkt, was man erst hätte bekommen können, wenn man noch mehr verkauft hätte. Denn in dieser Welt geht es nicht darum, viel zu verkaufen, sondern mehr. Aber wenn das Ziel ›mehr‹ ist, dann kann man es nie erreichen, nur danach streben. Wie ein Aufstieg auf einen Berg ohne Gipfel. Plötzlich wird der Aufstieg zum Selbstzweck. Thomas war besessen davon, und ich wurde es damals auch.

Er bekam nur einmal einen Bonus. Er verkaufte Küchengeräte an fünf seiner Freunde und bekam dafür 30 Mark und fünf Freunde weniger. Thomas verkaufte so schlecht, weil er an die Produkte, die er vertrat, nicht glaubte und nicht gut genug lügen konnte, um das zu verbergen. Wenn er nur was verkaufen würde, an das er wirklich glaubte, dachte ich, dann würde es bestimmt auch besser gehen. Thomas brachte mir eines seiner Küchensets mit, die er vertrat, und ich sah mir die Produkte an. Das Set war viel zu teuer, und die einzelnen Geräte waren absoluter Schrott. Der Schäler war unhandlich, die Messer waren stumpf, die Reibe viel zu grob. Aber am schlimmsten war der Dosenöffner. Er schnitt die Dose so auf, dass der Deckel immer in die Dose fiel, und hinterließ dabei so scharfe Kanten, dass man sich beim Rausholen mit den Fingern garantiert schnitt. Warum schneidet der Öffner nicht einfach von außen die gesamte Dose auf und köpft sie, dachte ich. Dann könnte man den oberen Teil wie einen Deckel abnehmen und würde sich nicht mehr schneiden. Und das war bereits die gesamte Idee. Der Moment, aus dem nach einer Menge Arbeit irgendwann der Dosenöffner werden sollte.«

Ich sah Annette an.

»Die Idee kam dir einfach so?«, fragte ich.

Annette räusperte sich. Ihr Hals klang kratzig, ihre Lungen schwach.

»Ja«, sagte sie, »und ich glaube, die Idee kam nicht nur mir. Sie kam wahrscheinlich tausend Menschen, so wie jeden Tag tausend Menschen tausend Ideen haben. Der große Unterschied ist: Niemand setzt seine Ideen um. Selbst eine schlechte Idee gut umgesetzt ist mehr wert als eine gute Idee, die gar nicht umgesetzt wird.«

Ich nickte und ließ sie weitererzählen.

»Thomas war von meiner Öffner-Idee begeistert. Wir schmiedeten einen Plan: Wir wollten den verbesserten Dosenöffner herstellen und dann der Firma verkaufen. ›Wenn ich ein neues Produkt etabliere, das so gut ist‹, sagte Thomas, ›dann machen die mich auf jeden Fall zum Verkaufsleiter!‹

Leider war die theoretische Idee des Öffners wesentlich einfacher als die praktische Umsetzung. Wir tüftelten an Skizzen und Entwürfen, die wir dann an einen befreundeten Werkzeugmacher gaben.

Beim ersten Versuch kam ein Öffner raus, dem die Dose dauernd wegrutschte. Das Schneiderad war wie ein Vorderreifen, der die Gehsteinkante entlangschrammt, aber nicht hochkommt, weil man das Lenkrad nicht genug eingeschlagen hat. Wir waren keine Ingenieure oder Mathematiker. Wir mussten durch einfaches Ausprobieren den richtigen Winkel erraten. Und es gab noch hundert andere Kleinigkeiten, die wir durchprobieren mussten: Was war die richtige Schnitthöhe? Wie viele Zähne brauchte das Schneiderad, damit es am besten schnitt? Bei welchem Schnittwinkel war der Deckel am leichtesten zu entfernen? Der Werkzeugmacher bekam nach jedem Versuch neue Anweisungen. ›Probieren wir es mit einer anderen Schneideklinge‹, ›Die Schnitthöhe muss noch geringer‹, ›Der Winkel muss schärfer‹. So kamen wir einem funktionierenden Öffner langsam immer näher. Das siebte Dosenöffner-Modell schnitt die Dose dann endlich auf, aber ruckelte und hakte dabei sehr. Ich hatte die Idee, das Rad in zwei Richtungen zu biegen, damit die Dose dem Schnitt definitiv nicht mehr weglaufen konnte. Aber so langsam ging uns das Geld aus, und wir mussten uns entscheiden, ob wir die Miete für den Monat voll zahlen, oder den Dosenöffner weiterentwickeln wollten. Ich flehte Thomas an. ›Wir sind so kurz davor!‹, sagte ich. Wir entschieden uns für den Öffner. Modell Nummer acht musste sitzen.

Als der Werkzeugmacher am nächsten Tag mit dem Öffner in unsere Wohnung kam, versammelten wir uns alle um den Küchentisch. Ich holte eine Dose, setzte Modell Nummer acht an und zog es einmal herum. Es lief flüssig um die Dose. Und nach einem Rundgang des Rads war die Dose geköpft und ließ sich ganz einfach öffnen. Thomas und ich schrien, als hätte unsere Fußballmannschaft gerade ein Tor erzielt. ›Das ist es!‹, riefen wir.

Annette hustete mit geschlossenem Mund. Es klang wie ein Motor, der nicht ansprang. Sie würgte den Huster tapfer zurück.

»Jetzt mussten wir den Öffner nur noch an die Firma verkaufen«, krächzte sie, »damit Thomas wiederum den Öffner für die Firma verkaufen konnte.«

Annettes Brustkorb schüttelte sich noch einige Male, dann endlich war der Husten weg. »Thomas wollte den Öffner einem hohen Tier aus der Firma, einem Herr Fischer, vorstellen, und der war interessiert. Er sollte mit seiner Frau zum Abendessen vorbeikommen und sich den Öffner ansehen. Ich putzte vorher jeden Quadratmillimeter der Wohnung, wusch alles, was sich waschen ließ, und plante stundenlang akribisch, was ich wie zu essen machen sollte, als würde ich eine Rakete konzipieren. Mein Bauch war mittlerweile ordentlich angeschwollen, aber weder ich noch irgendwer um mich herum nahm Rücksicht darauf.

Als dann endlich der Tag kam, war nicht mehr viel zu tun, was irgendwie noch schlimmer war. Wir liefen in der Wohnung auf und ab, rückten Kissen zurecht, die eigentlich nicht zurechtgerückt werden mussten, überprüften, ob am Tisch alles richtig gedeckt war, kamen dann erneut bei den Kissen an und rückten sie wieder in ihre ursprüngliche Position zurück, nur um dann wieder den Tisch zu kontrollieren.

Thomas hatte bloß drei Anzüge, aber er probierte alle drei hundertmal durch. In jeder Kombination und mit jeder Krawatte. Dabei gingen wir immer wieder den Ablauf des Abends durch. Wir hatten alles genau geplant, jede Geste, jedes Wort der Konversation. Ich fragte ihn ab wie bei einer Klausur.

›Erstes Thema?‹

›Fußball‹, sagte Thomas. ›Er ist großer Fan der neuen Bundesliga und hat sicher das Spiel gestern gesehen.‹

Er sah sich im Spiegel an und riss sich dann unzufrieden seine Krawatte vom Hals, um sie neu zu binden.

›Und wann kommen wir auf den Dosenöffner?‹, fragte ich.

›Ganz zum Schluss‹, sagte er, ›wenn wir satt und befreundet sind, präsentieren wir ihm den Öffner!‹

Auch die neue Bindung der Krawatte gefiel ihm nicht, und er riss sie wieder auf.

Ich legte meine Hände auf seine Schultern.

›Mach dir keine Sorgen‹, sagte ich und versteckte meine eigenen so gut ich konnte. ›Sie werden begeistert sein.‹

Dann band ich ihm seine Krawatte so, dass sie endlich richtig saß. Ich strich sie glatt und lächelte zufrieden.

In dem Moment schrie die Klingel schrill auf. Sie waren da!

Thomas atmete kurz durch. Dann gab er mir einen Kuss.

›Okay‹, sagte er, ›los gehts!‹

Wir standen an der Wohnungstür und warteten darauf, dass die Gäste in unserem Stockwerk ankamen. Ihre Schritte hallten durchs ganze Treppenhaus. Thomas wippte hinter mir auf und ab.

›Du nimmst ihr den Mantel ab, ich ihm!‹, sagte er.

Die Schritte kamen näher, dann endlich stand die Frau des Geschäftsmanns vor mir. Sie war klein und hübsch, mit braunen Haaren und blauen Augen. Ich kannte sie irgendwoher. Auch sie starrte mich an. Erst mein Gesicht, dann meinen Bauch. Sie schien dasselbe zu denken: Woher kennen wir uns noch mal?

Thomas begrüßte Herrn Fischer und nahm ihm den Mantel ab.

›Schön, dass Sie kommen konnten!‹

Die blauen Augen der Frau wurden groß, ihr Lächeln verzerrte sich. Ich brauchte ein paar Sekunden länger, aber dann erinnerte ich mich auch an sie. Ich drehte mich zu Thomas und erstarrte. Der Mann, dem er gerade den Mantel abnahm, war Willi. Der Willi aus Hermanns Herrenmode, der Willi, dem ich vor wenigen Monaten aus der Bar in den Tanzclub und nach Hause gefolgt war. Auch er sah mich jetzt an und gefror. Der Einzige, der nicht wusste, was los war, war Thomas.

›Der Mantel …‹, flüsterte er, ›der Mantel!‹

Ich stand der Frau mit den blauen Augen immer noch regungslos gegenüber. Das letzte Mal, als ich sie gesehen hatte, hatte sie in der Tür ihrer Wohnung gestanden, müde und dreckig vor Arbeit. Seitdem hatte sich ihr ganzes Leben verändert. Wahrscheinlich hatte Wilhelm es aufgegeben, Schauspieler zu werden, und sich von seinem Vater in einen viel zu gut bezahlten Job hieven lassen. Sie trug eine wunderschöne Perlenkette und ein noch schöneres Kleid. Und nun stand sie in der Tür meiner Wohnung und starrte mich an, als hätte sich doch überhaupt nichts verändert. Sie presste ihre Lippen aufeinander, und ihre Hände ballten sich zu Fäusten.

›Der Mantel!‹, zischte Thomas wieder und drängte sich dann vor, um ihr die Jacke selbst abzunehmen. Er sah mich vorwurfsvoll an. Was ist denn mit dir?, fragte sein Blick. Thomas reichte der Frau die Hand. ›Thomas Thielemann!‹, sagte er.

Sie starrte mir auf den schwangeren Bauch und fing an zu rechnen. Jetzt reichte Willi seine Hand umher. ›Wilhelm Fischer.‹ Dann zeigte er auf seine Frau, die unentwegt auf meinen Bauch starrte. ›Meine Ehefrau Annika Fischer.‹

Ich schüttelte beiden die Hände, war aber so perplex, dass ich nichts sagen konnte. Wilhelms Hand war schlaff und schwitzig, Annikas Hand fühlte sich an wie aus Stein. Ihre blauen Augen hüpften vor Wut im Dreieck. Aber auch sie sagte nichts.

Wir setzten uns an den Esstisch im Wohnzimmer, und mir flogen tausend Gedanken durch den Kopf. Dachte Annika, dass ich mit ihrem Mann fremdgegangen war? Und Wilhelm selbst? Dachte er vielleicht auch dass das Kind von ihm …? Aber nein, er war zwar betrunken gewesen, aber doch nicht so sehr, dass …

›Schön, dass es endlich eine Bundesliga gibt, was?‹, rief Thomas und sah in die Runde. Niemand reagierte. Wilhelm sah beschämt aus dem Fenster. Seine Frau starrte ihn böse an. Gleich würden sie aufstehen und gehen, dachte ich und wusste nicht, was ich tun sollte. Das Missverständnis aufklären? Aber wie, es war ja nicht mal wirklich eines.

Thomas räusperte sich nervös.

›Haben Sie das Spiel gestern gesehen?‹, fragte er Wilhelm.

›Nein.‹

›Das Tor nach nur 58 Sekunden, damit …‹ Thomas stolperte über seinen Satz. ›Moment‹, sagte er, ›Sie haben es nicht gesehen?‹

Wilhelm schüttelte den Kopf, und damit war Thomas gesamter Gesprächsplan für den Abend auf den Kopf gestellt. Man konnte förmlich hören, wie sein Hirn ratterte.

Annika atmete laut und bedrohlich aus. Wilhelm wand sich nervös auf seinem Stuhl. ›Wir haben nicht viel Zeit heute‹, sagte er.

Thomas' Kopf ratterte noch immer. ›Natürlich, natürlich! Zeit ist Geld, hat mein Vater früher immer gesagt, hahaha, stimmt's?‹

Er lachte falsch und allein. Seine Augen suchten Hilfe bei mir, fanden aber keine.

›Dann ...‹, sagte er, ›wollen wir direkt zum Essen?‹

Niemand ging auf seine Frage ein. Willi tippte nervös mit den Fingern auf dem Tisch herum, als würde er um Hilfe morsen, Annika starrte vor Wut Löcher in die Luft, und ich hing apathisch in meinen Gedanken fest.

Thomas lachte wieder nervös.

›Will jemand vielleicht Wein?‹

Keine Antwort.

Auf seiner Stirn bildeten sich Schweißperlen.

Wilhelm räusperte sich.

›Wie viel ...‹, sagte er, ›im wievielten Monat ist sie denn?‹

Er zeigte auf mich, als wäre ich ein Gegenstand. Ich hielt die Hände schützend vor meinen Bauch. Dachte er wirklich ...? Oder wollte er einfach nur Annika beweisen, dass er nicht der Vater sein konnte?

Thomas lachte, glücklich, endlich ein Gesprächsthema gefunden zu haben. ›Im vierten Monat, oder, Schatz?‹, fragte er mich. Annika schnaubte abschätzig. Unsere Begegnung war knapp sechs Monate her. Der zeitliche Abstand schien ihr für eine Gewissheit nicht zu reichen. Wilhelm räusperte sich wieder nervös, sagte aber nichts.

›Habt ihr denn Kinder?‹, fragte Thomas. Annika verschränkte die Arme.

›Zumindest keine, von denen ich wüsste‹, sagte sie böse.

Thomas lachte als Einziger, für alle anderen war es kein Witz. Sein Lachen lief unangenehm in der Leere aus.

›Kinder sind schon was Besonderes‹, sagte Thomas.
Stille.

›Habt ihr denn Pläne für ein Kind?‹
Keine Antwort.

Thomas fuhr sich nervös durch seinen Schnurrbart.

›Also, vielleicht wollen wir dann einfach gleich essen?‹

Er sah mich und Annika an. Niemand regte sich.

›Vielleicht können wir das Essen holen …?‹, fragte er in meine Richtung.

Endlich verstand ich und sprang auf.

›Ich hole das Essen!‹, rief ich, aber meine Stimme war weit weg.

Ich ging in die Küche.

Das kann nicht wahr sein, dachte ich, das kann alles nicht wahr sein!

Ich lehnte über der Spüle, und es fühlte sich an, als müsste ich mich übergeben. Ich fasste mir an den Bauch. Ganz ruhig, sagte ich zu mir selbst. Vielleicht wird ja alles gut, vielleicht ist es nur ein kurzer eigenartiger Moment. Wir waren schließlich alle erwachsen. Vielleicht ...

Ich hörte Stühle rücken und hastete zurück ins Wohnzimmer. Wilhelm und Annika waren dabei zu gehen.

›Es tut mir wirklich leid, wie konnte ich das vergessen, wir haben noch einen äußerst wichtigen Termin! Nicht wahr, Schatz?‹, sagte Wilhelm und deutete auf Annika, die bereits bei den Mänteln war. ›Wir haben noch dieses ...‹ Annika zog sich ihren Mantel an und ließ Wilhelms Satz in der Luft hängen. ›Diesen Termin eben!‹, beendete ihn Wilhelm endlich. ›Aber wir holen das Essen auf jeden Fall nach!‹

Sie zogen sich ihre Mäntel an, während Thomas hilflos um sie herumtänzelte. ›Aber das Essen! Wir haben doch noch nicht einmal gegessen!‹

Wilhelm griff sich seinen Hut. ›Es ist leider wirklich sehr wichtig‹, sagte er. ›Wir sind noch ... Wegen der Firma muss ich zu einer Versammlung.‹

Annika hatte ihre Hand bereits an der Klinke.

›Aber wir holen das bestimmt nach‹, log Wilhelm wieder.

Thomas sah mich flehend an. Ich musste etwas tun. Das war alles meine Schuld.

›Stopp!‹, rief ich plötzlich, und die beiden hielten tatsächlich kurz inne.

›Hören Sie‹, ich stammelte, ›nehmen Sie zumindest den Öffner mit, und schauen Sie ihn sich an.‹

Wilhelm zögerte. Thomas rannte und holte den Dosenöffner und die Entwürfe.

›Bitte‹, sagte ich, während er kurz weg war, ›er kann doch nichts dafür ...‹ Thomas kam wieder und drückte Wilhelm alles in die Hand.

›Sehen Sie es sich zu Hause an!‹, sagte er.

›Rein geschäftlich ...‹, sagte ich und wusste nicht, wie ich den Satz zu Ende bringen sollte.

Annika schüttelte den Kopf. ›Unfassbar‹, zischte sie und stampfte einfach davon. Wilhelm zögerte. Dann nickte er uns kurz zu und ging hinterher. Die Tür fiel laut ins Schloss, und auf einmal waren wir allein.

Thomas atmete schwer. Er verstand nicht, was gerade passiert war.

›Wir haben uns völlig zum Affen gemacht‹, sagte er, ›sie wollten nicht einmal was essen.‹ Der gedeckte Tisch stand unberührt vor uns. Jetzt wurde aus Verwunderung Wut. Er riss sich die Krawatte vom Hals.

›Ich hab's versaut!‹ rief er.

Thomas stampfte ins Schlafzimmer und knallte die Tür zu.

›ICH HAB'S VERSAUT!‹

Es fühlte sich an, als würde eine kalte Hand mein Herz zerdrücken. Es war alles meine Schuld. Der Gedanke zwang mich beinahe in die Knie. Wilhelm würde niemals mit uns zusammenarbeiten. Und alles nur meinetwegen.

Ich konnte Thomas durch die Tür schluchzen hören. Jedes Schluchzen traf mich wie ein Messerstich. Ich habe ihm das angetan, dachte ich immer wieder. Wie konnte ich das nur wiedergutmachen? Gab es nicht noch andere Menschen, denen wir den Dosenöffner anbieten konnten? Wenn ich vielleicht eine andere Firma fand, die …

Auf einmal wurde mir klar, dass wir gerade alles weggegeben hatten. Das Modell, die Entwürfe, alles war in Wilhelms Händen. Er brauchte uns nicht mehr, er konnte einfach selbst Patent anmelden und den Öffner produzieren. Mir brach der Schweiß aus. Er würde die Idee klauen! Ganz sicher! Ich hatte wirklich alles zerstört.«

Annette fing an zu husten. Ihre Augen waren weit aufgerissen, und der Husten war heftig.

»Klauen!«, rief sie wieder, mehr brachte sie nicht heraus. Sie holte ihr Taschentuch hervor, aber es fiel ihr aus der Hand. Ihr ganzer Körper wurde vom Husten geschüttelt. Es klang, als würde ihre Lunge zerreißen, dann plötzlich fiel sie hustend vornüber.

»Annette!« schrie ich und versuchte sie aufzurichten, aber sie war einfach zu schwer. Ich rüttelte sie. »ANNETTE!«

Ihre Augen rollten zurück in ihren Kopf und hinterließen nichts als Weiß. Sie hörte auf zu keuchen. Ich griff an ihren Hals und tastete nach ihrem Puls. Ich fand keinen, aber ich wusste auch nicht wirklich, wie man danach suchte. Meine Erfahrung mit Erster Hilfe beschränkte sich auf die Führerschein-Vorbereitung von vor vier Jahren. Meine Panik wurde immer größer und schob jedem rationalen Gedanken einen Riegel vor. Ich schrie einfach das Wort »Hilfe!« wie ein Programm, das abstürzte: »Hilfe! Hilfe!« Meine Schreie hallten durch die Gräber. Aber nur die Toten hörten mich.

Ich hielt meine Hand unter ihre Nase. Atmete sie noch? Meine Hände waren schweißnass. Ich war mir nicht sicher, was ich spürte. War das ihr Atem oder der Wind? »HILFE!«, rief ich wieder und bekam den Schrei diesmal kaum aus meinem Hals. Ich muss einen Krankenwagen rufen, blitzte es in meinem Kopf. Aber ich hatte kein Handy! Ich griff nach Annettes Handtasche und kramte. »HILFE!! BITTE, HILFE!«

Ich bekam kein Handy zu fassen. Meine Augen waren voll mit Tränen, alles war verschwommen. Auf einmal riss eine Hand an meiner Schulter. Ich drehte mich um, ein Mann kniete sich neben mich. Vor lauter Tränen sah ich nur Konturen. Eine dicke Hakennase, wenig Haare auf dem Kopf. Er hatte bereits ein Handy am Ohr und schrie: »Wir brauchen einen Krankenwagen!«

Ich kannte die Stimme. Es war mein Vater.

14

Die Frau in der Notaufnahme schüttelte den Kopf, wobei ihre viel zu große Brille gefährlich hin und her wackelte. »Wenn Sie keine Angehörigen sind, kann ich Ihnen keine Auskunft geben«, sagte sie. An ihr sah die Brille aus wie ein Kleidungsstück, in das sie noch reinwachsen musste.

»Selbst wenn Sie Angehörige wären, dürfte ich es nicht. Da würde ich's vielleicht tun, aber ich dürfte nicht. Datenschutz.«

Ich nickte traurig.

»Sie könnten höchstens warten, bis die Person ansprechbar ist und es erlaubt!«, sagte sie und sah skeptisch auf ihren Rechner. »Aber wir haben hier auch keine Annette Wagner im System!« Sie schüttelte wieder den Kopf. »Wobei ich Ihnen das auch nicht sagen darf!« Ihre Brille sprang beinahe von der Nase.

Papa zuckte mit den Schultern.

»Dann warten wir eben.«

Er sah müde aus. Um seine Augen lagen dunkelblaue Ringe. Wie hatte er mich eigentlich gefunden? Warum war er plötzlich in der Schweiz aufgetaucht?

Ich war zu aufgewühlt, um mich darüber zu wundern. Wir setzten uns auf zwei der Holzstühle, die im Gang herumstanden, als würden sie selbst auf eine Behandlung warten.

»Sind Sie Angehörige?«, war auch das Erste gewesen, was die Notärztin uns gefragt hatte, als der Krankenwagen für Annette kam. Warum war das so wichtig? Ein Angehöriger, was sollte das überhaupt sein?

»Nein, also ja, also wir kennen uns«, hatte ich gestottert. Sie heißt Annette Wagner.«

Die Ärztin hatte Annettes Handtasche mitgenommen, um ihre Personalien aufzunehmen, während Annette in den Krankenwagen geladen wurde. »Falls Sie die Angehörigen kennen, sagen Sie ihnen bitte Bescheid. Wir fahren Sie jetzt ins Spital Wrosbach.« Und dann war sie einfach mit ihr abgehauen.

Was, wenn Annette gestorben ist?, dachte ich. Bestimmt war deswegen auch keine Annette Wagner »im System«, weil Annette bereits auf dem Weg ins Krankenhaus für tot erklärt worden war, und dann hatte man sie einfach rausgeschmissen, und jetzt lag sie irgendwo in einem Graben. Ich schüttelte mir den Gedanken aus dem Kopf.

Mein Vater strich mir über den Arm. Ich war mir nicht sicher, ob er mich streicheln wollte oder ob ich einen Fussel am Pulli hatte.

»Mach dir keine Sorgen«, sagte er, »ihr wird es schon gut gehen.«

Ich hätte niemals damit gerechnet, dass er herkommen würde. Aber ich war froh darüber. Es tat gut, jetzt nicht allein zu sein. Auch wenn er vermutlich nicht meinetwegen hier war, sondern wegen seines kostbaren Autos.

»Wie bist du eigentlich so schnell in die Schweiz gekommen?«, fragte ich. Und warum überhaupt?«

Mein Papa kratzte sich nervös über seine Halbglatze.

»Ich bin geflogen. Von Düsseldorf aus dauert das nur eine Stunde.«

Er fing an in seiner Jackentasche zu kramen.

»Ich hab mir echt Sorgen gemacht«, sagte er, »ich wusste ja nicht, was los ist. Du bist auch nicht ans Handy gegangen.«

»Ja, ich hab mein Handy verloren«, sagte ich. »Tut mir leid.«

Er fand nicht, was er suchte, und wechselte die Jackentasche.

»Na ja, ich hab gestern Abend einfach die Nummer zurückgerufen, mit der du mich angerufen hast. Da ging das Hotel dran. Also bin ich da heute Morgen hin. Aber die meinten, du bist gerade zum Friedhof. Da habe ich dann das Auto gesehen und dich rufen gehört.«

Ich sah beschämt zu Boden. Mir tat es leid, dass ich ihm solche Sorgen bereitet hatte. Andererseits aber auch irgendwie nicht. Wer reist einem Auto denn bitte so weit hinterher? Ich hätte den Wagen ja zurückgebracht.

Seine Hand kam auch aus der zweiten Tasche leer zurück. Er tastete sich verwirrt ab.

»Hat der Wagen wirklich hunderttausend Euro gekostet?«, fragte ich.

Papa hörte auf zu tasten und sah mich fragend an.

»Der Mercedes«, sagte ich. »Annette meinte, der kostet hunderttausend Euro.«

Er lachte nervös.

»Ja, na ja, fast, aber ich bezahle das in Raten ab. Das geht schon.«

Ich schüttelte den Kopf, so wie mein Papa schon hundertmal den Kopf über mich geschüttelt hatte.

»Was?«, fragte er. »Für irgendetwas muss ich ja Geld verdienen, wenn du bald weg bist und nichts mehr brauchst!«

»Wie bitte?«, schnaubte ich zurück. »Nur weil ich wegziehe, heißt das doch nicht, dass ich dich nicht mehr brauche!«

Wir schwiegen uns kurz an. Dann sagte mein Vater schließlich: »Ich gehe kurz eine rauchen«, und stand auf.

Ich nickte. Ich hätte jetzt auch gerne eine geraucht, aber ich verheimlichte meine Nikotinsucht schon seit fünf Jahren. Den Rekord wollte ich nicht brechen.

Kurz bevor mein Vater ging, erinnerte er sich an etwas.

»Ach ja«, sagte er, »warum ich hier bin ...«

Er griff sich in die Jackeninnentasche und holte ein rotes Plastikteil hervor, das er mir reichte.

»Ich hab mir Sorgen gemacht. Darum bin ich hier.«

In seiner Hand lag mein Asthmaspray. Er zuckte mit den Schultern. Seine großen braunen Augen sahen mich an.

»Du hast dein Asthmaspray vergessen«, sagte er leise.

Ich griff mir das Spray verblüfft.

»Danke«, sagte ich.

Papa nickte nur lächelnd und verschwand dann Richtung Ausgang.

Er ist mein Angehöriger, dachte ich unvermittelt und musste lächeln. Ich sah auf das Spray in meiner Hand. Es hatte mir schon buchstäblich das Leben gerettet, und trotzdem hatte ich jetzt zum ersten Mal das Gefühl, dass es mir wirklich wertvoll war. Ich steckte es behutsam in die Tasche. Mein Angehöriger, dachte ich wieder und lächelte erneut. Es war ein schöner Gedanke.

Ich lehnte mich zurück. Der dünne Stuhlrücken ächzte und bog sich ungesund. Zwei Polizisten betraten das Krankenhaus. Der Gummiboden quietschte bei jedem ihrer Schritte. Sie sprachen mit der Mitarbeiterin bei der Notaufnahme und folgten ihr dann in einen Gang. Sonst war hier nicht viel los. Außer mir saß nur noch ein Mann im Wartebereich. Er starrte auf den Boden, direkt auf den roten Strich, der den Weg in die Notaufnahme markierte, wie die traurigste Schatzkarte der Welt. Wer war wohl am anderen Ende dieses Striches? Seine Freundin? Seine Mutter? War sie krank? Oder gab es einen Unfall? Dieser Mensch durchlebte vielleicht gerade den schlimmsten Moment seines Lebens, und ich wusste nichts davon. Und anders herum sah er mich und wusste auch nichts. Nichts von Annette, nichts von meiner absurden Reise in die Schweiz, nichts von meinem Vater und von seinem Auto.

Jeder Mensch, dem wir begegnen, trägt ein ganzes Leben in sich, dachte ich, durch das wir kurz durchlaufen, ohne es zu sehen. Ich fragte mich, durch wie viele dramatische, wie viele glückliche Momente, an die sich Menschen noch ihr Leben lang zurückerinnern, ich schon hindurchgelaufen war. Vielleicht waren es erste Dates oder Trennungen, Momente der Selbstaufgabe oder -findung, und irgendwo in diesen Momenten, in diesen Leben, war ich im Hintergrund gewesen. Ein Statist in der Erinnerung.

Ich sah zur Notaufnahme, die jetzt unbesetzt war.

»Wir haben hier keine Annette Wagner im System«, hatte die Frau mit der viel zu großen Brille gesagt. Zu dem Satz gab es ein Echo, das mir ins Ohr kroch: »Wir haben hier keine Annette Wagner!« Das hatte Frau Lingenfeld damals zu mir gesagt, als ich im Altersheim angerufen hatte, um mich zum ersten Mal mit

Annette zu treffen. »Wir haben hier keine Annette Wagner.«

Bevor ich mir weiter darüber Gedanken machen konnte, kam die Mitarbeiterin der Notaufnahme wieder. An ihr hingen zwei Polizisten und eine Notärztin. Ich kannte die Ärztin, sie hatte karottenrotes Haar und Sommersprossen, es war die Notärztin, die Annette auf dem Friedhof mitgenommen hatte. Die Gruppe blieb einige Meter vor dem Wartebereich stehen und tuschelte. Die Frau mit der viel zu großen Brille deutete in meine Richtung, und die Notärztin nickte bestätigend. Daraufhin kamen die Polizisten auf mich zu. Ich stand unwillkürlich auf.

»Grüezi«, sagte einer der beiden. Er war so klein, dass er beim Reden zu mir heraufschauen musste. Sein dicker Bauch spannte die kleine Uniform so stark, dass ich jeden Moment damit rechnete, fliegenden Knöpfen ausweichen zu müssen.

»Müller mein Name, das isch mein Partner Keller«, sagte er. Keller grüßte mich flüchtig. Er trug einen großen schwarzen Schnauzer, in dem sich sein Partner ohne Probleme hätte verstecken können.

»Darf i einmol bitte Ihre Personalien sehen?«, sagte Müller. Die beiden sangen ihre Sätze mit dicker Schweizer Sprachmelodie.

Ich hole meinen Ausweis hervor. »Ja, klar«, sagte ich, »aber was ist denn los?«

Die beiden Krankenhausmitarbeiterinnen waren

ein paar Schritte entfernt stehen geblieben und beobachteten die Szene besorgt.

Mir kam ein grausamer Gedanke. »Ist Annette gestorben?«, fragte ich panisch.

»Näi«, sagte Keller. Sein dicker Schnauzer machte aus jedem Atemzug ein Schnaufen. »Der Frau, für die Sie den Krankenwagen gerufen haben, gaht es gut, aber ...«

Ich sah zur Notärztin. »Stimmt das?«, fragte ich.

Als sie bestätigend nickte, sank ich vor Erleichterung ein wenig in die Knie.

»Aber«, setzte Keller wieder an, »ihr Namä isch nicht Annette Wagner.«

Müller gab mir meinen Ausweis zurück.

»Wie jetzt?«, fragte ich verwirrt. »Wie heißt sie denn dann?«

»Das isch ein Timur Aslan«, flüsterte Müller seinem Kollegen zu. Es klang wie eine Warnung.

In dem Moment kam mein Vater wieder. Als die Polizisten ihn sahen, änderte sich die Stimmung.

»Gehören Sie zusammen?«, fragte Müller und legte die Hand auf seine Waffe. Mein Vater wurde langsamer und hob die Hände leicht.

»Was ist denn los?«, fragte er und sah besorgt zu mir.

»Der war auch da!«, rief die Notärztin.

»Okay«, sagte Müller, »Sie kommen mit uns mit!«

Keller griff nach meinem Arm, den ich instinktiv

zurückzog. Als mein Papa sah, dass ich angegrabscht wurde, wollte er schlichtend dazwischengehen, aber das machte alles nur noch schlimmer. Die Polizisten wurden jetzt laut und holten Handschellen raus. Mein Vater versuchte sich zwischen Keller und mich zu drängen, woraufhin der kleine Müller versuchte sich zwischen meinen Vater und Keller zu drängen, während Keller die ganze Zeit versuchte mich festzuhalten. Die Situation eskalierte völlig ohne Grund, mein Vater und ich waren ja bereit zu kooperieren. Wir wussten nur nicht wobei. Man kann schließlich keine bewusste Entscheidung in einer Situation treffen, in der man sich nicht einmal darüber bewusst ist, was die Situation eigentlich ist. Dann übernimmt die Angst und mit ihr der Instinkt. Wenn man Angst hat und von jemandem am Arm gegriffen wird, dann zieht man den Arm instinktiv zurück, ganz egal ob die Person Uniform trägt oder nicht. Und wenn man sieht, dass das eigene Kind bedrängt wird, dann geht man dazwischen. Hätten Müller und Keller sich nur drei Sekunden länger Zeit genommen, uns aufzuklären und Vertrauen aufzubauen, hätte es keine Verwirrung, hätte es keine Angst gegeben. So aber entstand ein großes Gedränge, bei dem Keller schließlich meinem Vater den Arm hinterm Rücken verdrehte und ihm Handschellen anlegte.

»Alles gut!«, rief Papa. »Ich wehre mich ja nicht!« Aber es war zu spät.

Müller fummelte mit seinen kleinen Fingern an meinen Handgelenken herum, dann klickte es auch bei mir.

Was zur Hölle war hier los?

15

Ich saß schon seit Stunden allein in dem kleinen grauen Raum auf der Polizeiwache. Ich hatte alles, was passiert war, vor Müller und Keller zu Protokoll gegeben. Von Anfang an. Wie ich Annette getroffen hatte, wie wir zum Grab gefahren waren, wie mein Vater aufgetaucht war und den Krankenwagen gerufen hatte. Die beiden schüttelten währenddessen bloß in Akkordarbeit den Kopf und machten sich stumm Notizen. Nachdem ich alles erzählt hatte, waren sie einfach verschwunden. Seitdem starrte ich die Decke an und erstickte an meinen Gedanken. Immerhin konnte ich dabei rauchen. Müller und Keller hatten mir einen Aschenbecher und eine Packung Zigaretten dagelassen. Ich zündete mir Zigarette Nummer acht an und zog kräftig. Der Rauch kroch mir direkt in den Kopf und schmerzte. Ich rauchte mittlerweile nicht mehr aus Verlangen, sondern nur noch aus Wut. Warum hatte man uns festgenommen? Das war unnötig, egal worum es hier ging. Es war ungerecht. Und die Ungerechtigkeit brannte mir im Magen.

Endlich bewegte sich die Tür. Müller und Keller traten ein und fingen sofort an zu husten. Keller wedelte theatralisch mit dem Arm, wobei sein Bauch gefährlich hin und her schwankte. »He, du häsch aber ordentlich gequalmt! Willsch du die olympischen Spiele fürs Rauchen gewinnen?«

Ich drückte meine Zigarette aus.

»Gab ja sonst nicht viel zu tun. Können Sie mir jetzt endlich sagen, was los ist?«

Die beiden Polizisten setzten sich.

»Also«, sagte Müller, »die alti Schatlä, die du in die Schweiz gefahren häsch, heißt nicht Annette Wagner, sondern Alexandra Kokkinos.«

Die beiden Polizisten warteten auf eine Reaktion. »Alexandra Kokkinos«, sagte Müller noch einmal bedeutungsvoll, aber ich hatte den Namen noch nie gehört.

»Sie isch eine Millionärin?«, sagte Keller. »Galt seit Wochen als verschwunden?« So langsam fingen meine Synapsen an zu funken. Millionärin, wiederholte ich. Plötzlich schlug mir ein Gedanke wie kaltes Wasser ins Gesicht: Benjamins Artikel! Der verschwundene Millionär! War es dabei die ganze Zeit um Annette gegangen?

»Das war in Düütschland doch überall in den Medien«, sagte Keller beinahe väterlich, »hesch das denn gar nicht mitbekommen?«

»Ich hatte kein Handy!«, rief ich.

Müller lachte.

»Stimmt!«, sagte er. »Natürlich!«

Ich verstand nicht, was so lustig war. Aber jetzt stieg auch Keller mit ein. »Ho! Ho! Ganz schön raffiniert«, sagte er und holte ein Handy hervor, das er mir reichte.

»Mir händ mit Frau Kokkinos gesprochen, und sie wollte, dass mir dir das hier gänd.« Jetzt erst sah ich, dass es nicht nur irgendein Handy war, sondern meines. Gierig griff ich danach.

»Ich dachte, ich hätte es verloren!«

Müller zuckte mit den Schultern. »Frau Kokkinos wollte wohl nicht, dass du die Nachrichten siehst und hät es eingesteckt.«

Der Akku war beinahe am Ende, aber ich öffnete sofort meine Nachrichten und klickte auf den Artikel, den Benjamin mir hundertfach geschickt hatte.

Rätsel um verschwundene Millionärin

Die Vorstandsvorsitzende der Firma KRONE Alexandra Kokkinos (73) gilt seit Wochen als verschwunden. Lange wurde ihr Verschwinden geheim gehalten, aber da eine Entführung mittlerweile ausgeschlossen wird, wenden sich Familie und Polizei nun an die Öffentlichkeit.

Bevor der Artikel weiterging, war ein großes Bild von Frau Kokkinos abgebildet. Eine alte Frau mit grauen

Locken und grauen Augen. Annette. Ich konnte es nicht fassen. Darum hatte sie ständig Sonnenbrille und Kopftuch getragen, dachte ich. Damit sie niemand erkannte. Und darum wollte sie auch so plötzlich in die Schweiz! Nicht um Thomas zu besuchen, sondern um aus Deutschland zu fliehen, bevor ihr Verschwinden öffentlich gemacht wurde und man nach ihr suchte. Ich wollte den Artikel weiterlesen, aber Keller schnaubte mich an.

»Jedenfalls«, sagte er, »Frau Kokkinos hät ausgesagt, dass sie auf eigene Faust abgehauen isch und du nichts mit dem Ganzen zu tun häsch.«

Keller schaute mich besorgt an. »Mir hend schon mit dem Schlimmsten gerechnet. Entführung, Mord, Erpressung ...«

Müller lachte.

»Aber die alti Trucke isch einfach auf Reisen gegangen. Gott weiß warum. Vielleicht Familienstreit? Isch jo auch schnurz. Sie het nur vorher mol Bescheid sagen sollen, das het viel Ärger erspart.«

Ich versuchte meine Gedanken zu sortieren. Benjamins Millionär war eine Millionärin. Annette war Alexandra. Aber vor allem: Anscheinend war sie wieder ansprechbar. Also ging es ihr wirklich gut. Ich seufzte tief.

»Du und dein Vater, ihr seid entlassen«, sagte Keller, als würde er mir einen Gefallen tun.

»Warum wurden wir überhaupt festgenommen?«, fragte ich.

Müller rutschte nervös auf seinem Stuhl hin und her.

»Nachdem ein Notarzt meldete, die gesuchte Frau Kokkinos in der Notaufnahme empfangen zu haben, fuhren wir zum Krankenhaus, um die Meldung zu überprüfen.«

Es klang, als würde er den Polizeibericht ablesen. Außerdem sprach er plötzlich feinstes Hochdeutsch. »Es stellte sich heraus«, sagte er, »dass es sich tatsächlich um die Gesuchte handelte. Der Notarzt erkannte außerdem die beiden Personen wieder, die Frau Kokkinos eingeliefert hatten. Die beiden Personen wirkten verdächtig und widersetzten sich einer Personenkontrolle. Da eine hohe Fluchtgefahr bestand ...«

»Was?«, unterbrach ich ihn. »Wo haben wir uns denn widersetzt? Und warum wirkten wir verdächtig?«

Keller lehnte sich vor. »Du nicht so sehr, aber dein Vater ...«

»Aha, weil er schwarze Haare hat und braune Augen?«, fragte ich spöttisch.

»Na ja«, sagte Müller, »sooo viele schwarze Haare hät er jetzt auch nicht mehr.«

Keller zeigte mit dem Finger auf mich.

»Ihr habt euch widersetzt, darum wurdet ihr verhaftet. Wenn ihr einfach den Anweisungen Folge geleistet hättet ...«

»Das ergibt doch keinen Sinn!«, rief ich aufgebracht. »WOGEGEN sollen wir uns denn widersetzt haben, wenn das Widersetzen erst der Grund für die Verhaftung war?!«

Müller zog die Augenbrauen hoch. »Das isch jetzt Haarspalterei.«

Ich schüttelte fassungslos den Kopf.

»Ihr hattet kein Recht, uns festzunehmen«, sagte ich bestimmt.

Keller zuckte mit den Schultern.

»Willsch du das Fass wirklich aufmachen? Es isch doch nichts passiert.«

»Geh heim, Junge«, sagte Müller, »dein Vater wartet schon draußen im Auto.«

Ich war so wütend, dass ich es richtig im Bauch spüren konnte. Aber Keller hatte recht, was sollte ich tun? Ich war völlig am Ende, emotional wie körperlich. Ich wollte die beiden anschreien, schlagen, bespucken, irgendwas, Hauptsache meine Wut darüber rauslassen, dass man mich stundenlang festgehalten hatte. Ohne wirklichen Grund. Aber ich konnte nicht. Ich musste die Ungerechtigkeit einfach runterschlucken. Ich stand auf. Die Wut lag mir im Magen wie ein schwerer Stein, den ich niemals verdauen würde. Ich hatte ein paar solcher Steine im Magen. Ein paar große und viele kleine, wie Kieselsteine. Ich konnte mir nicht vorstellen, was für Steine mein Vater wohl mit sich herumtrug. Beim Rausgehen knallte ich die Tür so fest zu, wie ich konnte.

Das half ein wenig.

Der Wagen ruckelte durch die Nacht. Mit jeder Laterne am Wegrand schoss im Stakkato Licht ins Auto. Wenn ich früher bei Autofahrten durch die Nacht auf dem Gameboy spielen wollte, waren diese kurzen Wellen immer meine einzigen Verbündeten gegen die Dunkelheit gewesen. Das Flackern hatte so sehr in den Augen geschmerzt, dass ich alle paar Minuten eine Pause brauchte. Aber ich durfte nie das Licht im Auto anmachen, weil es Papa angeblich blendete. Manchmal hieß es auch, dass es die anderen Autofahrer blenden würde und es dann einen Unfall gäbe. Ich glaube, jedes Kind hat von seinen Eltern eine eigene Ausrede bekommen, warum es das Licht im Auto nicht nutzen durfte. Am Ende blieb mir jedes Mal nur die Wahl zwischen Augenschmerzen oder nicht Gameboy spielen. Ich wählte immer die Augenschmerzen. Damals, als Bildschirme noch nicht leuchten konnten und ich auf der Rückbank hinter Mama und Papa saß.

Draußen hatte es angefangen zu regnen. Die Scheibenwischer kämpften quietschend gegen das Wasser. Eine Sisyphusarbeit. Die Kälte drang langsam durch das Auto. Ich drückte mich in den Sitz und verkroch mich tiefer in meinen Pulli. Die Erlebnisse des Tages sickerten nach und nach zu mir durch, und so langsam wurden aus bloßen Informationen Gefühle, wurde alles Realität. Annette hatte mich die ganze Zeit angelogen. Ich war ihr Fluchthelfer gewesen, ohne es wirklich zu wissen. Ich fühlte mich verraten und benutzt.

Jetzt wurde mir auch das mit den Altersheimen klar. Sie waren der perfekte Ort für Annette, um unterzutauchen. Hotels hatte die Polizei bestimmt schon alle abgeklappert, in Altersheimen hingegen suchte niemand. Dort bekam sie Pflege, Versorgung und Anonymität, ohne zu vereinsamen. Alles, was sie tun musste, war Menschen wie Frau Lingenfeld zu bestechen, die in solchen Heimen fürs Administrative zuständig waren. Frau Lingenfeld hatte sie heimlich in ein freies Zimmer einziehen lassen können, ohne es anzumelden. Wahrscheinlich hätte Frau Lingenfeld aber nicht genug Nerven gehabt, das Geheimnis und die Bestechung lange für sich zu behalten. Darum wollte Annette so weit weg wie möglich, bevor mit einer öffentlichen Fahndung der Druck erhöht wurde. Da kam ich natürlich genau richtig. Ich hatte sie wie ein Idiot in die Schweiz kutschiert. Nicht, weil sie noch mal zum Grab wollte, sondern um dort in einem anderen Altersheim unterzutauchen. Ohne den öffentlichen Druck wie in Deutschland.

Aber hatte sie mich wirklich von Anfang an belogen? War die Geschichte mit dem Dosenöffner komplett erfunden?

Ich wusste nicht mehr, was ich glauben sollte und was nicht. Warum das Ganze? Warum wollte sie überhaupt untertauchen? Wovor floh sie?

Alles wegen eines Familienstreits, wie Keller vermutet hatte?

Das konnte ich mir nicht vorstellen. Ich konnte mir auch nicht vorstellen, wie sie noch aktiv im Vorstand einer großen Firma gewesen sein sollte. Die Annette, die ich kennengelernt hatte, war zwar geistig durchaus fit, aber körperlich? Sie brauchte Pflege, darum waren die Altersheime ja so genial. Sie kam ohne mich nicht einmal die Treppen hoch, wie konnte sie da einen Vorstand leiten? Aber bis vor einigen Stunden hatte ich mir ja auch nicht vorstellen können, dass sie Alexandra hieß und auf der Flucht war. Wovor auch immer. Die Annette, die ich kennengelernt hatte, gab es nicht. Vielleicht waren selbst die Hustenanfälle gelogen.

Mein Vater sah kurz zu mir rüber.

»Wie fandest du es, den Wagen zu fahren?«

Mein Handy hatte mittlerweile ganz den Geist aufgegeben. Ich steckte es an und ließ es in Ruhe laden.

»Ganz schön anstrengend«, antwortete ich, »der Fahrkomfort ist so mittel.«

Er nickte einsichtig.

»Ja. Stimmt. So für längere Strecken … Ich weiß nicht.«

Das war seine erste längere Fahrt mit dem Auto, und ich glaube, er hatte sie sich anders vorgestellt. Der Regen prasselte jetzt in Massen gegen den Wagen. Die Scheibenwischer schwangen aufgeregt hin und her und klangen dabei, als wären sie ganz außer Atem. Papa sah wieder kurz zu mir herüber.

»Ich habe mir wirklich Sorgen gemacht«, sagte er.
»Um mich oder um dein Auto?«
Er verzog die Augenbrauen.
»Ach das Auto ...«, sagte er, »das ist doch nur ... Ich versuche einfach was zu finden, mit dem ich mich beschäftigen kann, sonst hab ich gar nichts zu tun, wenn du bald weg bist.«
»Ich bin doch nicht weg, nur weil ich ausziehe. Ich verschwinde ja nicht plötzlich.«
Der Satz tat weh. Bevor ich verstand, warum, merkte ich, wie ich an meine Mutter dachte. Mein Vater fuhr sich nervös über seine Halbglatze und fand keine Worte. Er lächelte nur und nickte. Dachte er in dem Moment auch an sie? Mama war jetzt schon seit über zehn Jahren tot. Wenn ich früher deswegen traurig war, hatte ich mich irgendwie immer geschämt. Ich dachte, Papa ist ja auch nicht traurig, sondern tapfer, und darum muss ich es auch sein. Was, wenn er sah wie sehr ich die Gedanken an sie verdrängte, und dann dasselbe dachte?
Mein Handy vibrierte und verkündete damit stolz, dass es jetzt wieder benutzbar war. Ich hatte zwei verpasste Anrufe. Einer kam von meiner Chefin Annemarie, die ich unbedingt zurückrufen musste. Schließlich war ich seit zwei Tagen nicht mehr auf der Arbeit gewesen und hatte mich auch nicht gemeldet. Der andere verpasste Anruf kam von Benjamin. Auch ihm müsste ich morgen mal schreiben. Morgen. Alles

morgen, dachte ich und lehnte meinen Kopf an die Scheibe. Die Kälte tat gut. Papa lächelte.

»Wir sind fast da.«

Ich lächelte zurück. Dann schlief ich ein.

16

Die Kiste klebte am Boden.

»Was hast du da drin?«

Flo versuchte die Beschriftung zu lesen, konnte aber seine eigene Handschrift nicht entziffern.

»Wahrscheinlich Bücher«, sagte er und packte den Umzugskarton an der anderen Seite. Gemeinsam schafften wir es, die Kiste anzuheben, und watschelten vom Umzugsauto Schritt für Schritt in Richtung Tür.

»IhrmachteuchjadenRückenkaputt!« Flos Mutter sah uns durch die Haustür watscheln und machte Platz. Sie war eine riesige, kantige Frau, die immer nervös war und viel zu schnell sprach.

»DieKisteistvielzuschwer!«

Wir konnten ihre konstruktive Kritik beim Tragen leider nicht berücksichtigen und drängten einfach Zentimeter für Zentimeter weiter die Treppe hoch in Flos Zimmer.

Ich war von meiner eigenen Unsportlichkeit etwas überrascht. Theoretisch war ich bei einem Fitnessstudio angemeldet, aber erstens ging ich nie hin, und zweitens trainierte man dort so absurd spezifische Muskelgruppen, dass es mir wahrscheinlich beim Umzug auch nicht geholfen hätte, wenn ich gestern noch vierzig »Back-Shoulder-Shrugs« oder zwanzig Minuten »Upper-left-thigh-Cardio« gemacht hätte. Man müsste mal ein Fitnessstudio etablieren, in dem man hauptsächlich Alltagsbewegungen übt, statt irgendwelche Muskelgruppen aufzublasen, die zwar attraktiv sind, die man aber eigentlich nicht braucht. Ein Zirkeltraining aus zwanzig Minuten rutschige Gurkengläser öffnen, zehn Minuten Umzugskisten schleppen und zum Abschluss die härteste Übung von allen: fünf Minuten mit dem rassistischen Onkel diskutieren. Oder vielleicht einfach andersherum. Man verbindet mit einer App Menschen, die gerne Sport machen, mit Menschen, die gerade im Alltag Muskelkraft brauchen, so wie wir beim Kistenschleppen. Das Ganze nennt man dann »urbansports« und wird zum Trendsetter in Berlin-Mitte.

Flo und ich schafften es mit viel unterdrücktem Gekeuche dann doch ohne App und »Alltagstraining« im Fitnessstudio, die Kiste in sein Zimmer zu bekommen. Als wir sie endlich abstellten, hatte ich kurz Angst, dass sie durch den Boden brechen würde. Auch an Flos Stirn hingen Schweißperlen. »Danke fürs Helfen«, keuchte er. »Ich glaube, das war die letzte Kiste.«

Flos altes Kinderzimmer war in seiner Abwesenheit

in ein Katzenzimmer verwandelt worden. Mit seiner Rückkehr wurden die Katzen zwar wieder ins Wohnzimmer verbannt, aber ihr Geruch war geblieben. Es roch, als wäre der ganze Raum mit einem feinen Teppich aus Katzenpisse ausgelegt. Flos Mutter kam hoch.

»WiesiehtsdennjetzthieraHabtihrkeinSystembeimAuspacken?«

Sie deutete auf die Umzugskartons, die plan- und systemlos im Raum standen.

»DasmussmandochvonAnfanganordnen! Sonsträumtihrdenganzen Tagaus!«

»Ich mach das schon, Mama!«, sagte Flo.

Von unten schrie sein Vater: »MARTHAA!«

Flos Mutter fühlte sich angesprochen (es war schließlich ihr Name) und wurde noch nervöser. »Kommejaschon! WASIST?«

Sie wirbelte kurz umher.

»SeinBlutzuckerbestimmt! ErbrauchtwasSüßes!«

Dann hastete sie die Treppen runter. Flo ließ sich resigniert auf sein Bett fallen und stöhnte. »Ich kann nicht fassen, dass ich wieder hier einziehen muss.«

Ich setze mich zu ihm.

Flo hatte mich heute Morgen angerufen und gefragt, ob ich ihm beim Umzug helfen könnte. Das kam etwas überraschend, schließlich hatte er vor ein paar Tagen, als wir gemeinsam hinter der Tankstelle saßen und Dosenbier tranken, noch abstrakt vom Studienabbruch und vom Umzug geredet. Er hatte »bald« gesagt, so wie man sagt, dass man »bald« aufräumen wird oder sich »bald« um die Steuern kümmert. Aber anscheinend war in Flos Fall das »bald« nicht übertrieben gewesen. Als er anrief, war er bereits auf halber Strecke mit einem vollgepackten Sprinter.

Ansonsten hatte ich heute Morgen noch zwei weitere Telefonate geführt. Eines mit Benjamin, dem ich von meinen letzten zwei Tagen erzählt hatte. Er war völlig begeistert gewesen und hatte darauf bestanden, dass wir uns sofort zum Essen treffen. Das ging wegen des Umzugs aber nicht, und darum hatten wir uns auf morgen geeinigt. Das zweite Telefonat hatte ich mit meiner Chefin Annemarie geführt. Heute war Samstag, also eigentlich Blattkritik-Tag. Aber Annemarie meinte, ich müsse heute nicht kommen.

»Wir reden Montag«, hatte sie gesagt. Das klang alles andere als gut ...

Aber weder meine drohende Kündigung noch das kommende Essen mit Benjamin beschäftigten mich gerade besonders. Das tat eine ganz andere Nachricht, die ich heute Morgen bekommen hatte. Von einer unbekannten Nummer:

> Hallo, ich hoffe, dir gehts gut.

Das war alles, was ich von der Nachricht gelesen hatte, denn ich hatte sie noch nicht geöffnet. Ich war mir nämlich sicher, dass sie von Annette kam, und ich wusste noch nicht, was ich über sie oder die letzten zwei Tage denken sollte. Wollte ich Annette wiedersehen, obwohl sie mich so schamlos angelogen hatte? Wollte ich eine Nachricht von ihr?

»Jetzt bin ich wieder bei null«, jammerte Flo, ohne aufzuschauen. »Was soll ich denn jetzt tun?«

Ich schob meine Gedanken an Annettes Nachricht beiseite und versuchte für Flo da zu sein.

»Als die Zusage für Jura in Hamburg kam, dachte ich echt, jetzt hab ich's geschafft«, sagte Flo.

»Was geschafft?«, fragte ich und ging zu der schweren Umzugskiste. Ich wollte nachsehen, was uns da eigentlich beinahe den Rücken gebrochen hatte.

»Weiß nicht«, sagte Flo, »es geschafft halt.«

Ich öffnete den Karton, und ein Haufen Bücher, Zettel, Notizen, Mappen und Ordner starrte mich an. »Staatsrecht I, Staatsorganisationsrecht«, las ich laut vor, »BGB AT«, »Zivilprozessrecht«, »StGB AT«. Es war, als hätte ich ein Massengrab für Jura-Unterlagen geöffnet. »Brauchst du das alles noch?«

Flo schüttelte den Kopf. »Weiß nicht, warum ich das mitgeschleppt habe.«

Er nahm sein Kissen und drückte es sich vors Gesicht, als wollte er sich selbst ersticken. »Es war alles umsonst«, sagte er dumpf durch das Kissen, »die ganzen Bücher, die ganzen Notizen, alles. Und jetzt hab ich wirklich gar nichts mehr. Nur dieses ekelhafte Katzenpisse-Zimmer.«

Ich legte den »StGB AT«-Ordner zurück in die Kiste.

»Ich war die letzten zwei Tage mit einer siebzigjährigen Millionärin unterwegs«, sagte ich.

Flo sah verwirrt zu mir hoch.

»Ist eine lange Geschichte«, winkte ich ab, »aber die hat auf jeden Fall alles ›geschafft‹. Und trotzdem wirkte die nicht so, als … hätte sie irgendwas.«

Flo richtete sich auf und legte das Kissen beiseite.

»Ich weiß, du benutzt meine eigenen Worte«, sagte er, »aber ich versteh nicht ganz, was du meinst.«

»Ich meine …«, sagte ich, »vielleicht müssen wir aufhören, so zu tun, als würde es jemals etwas geben, was man erreichen kann, das alles für immer gut macht.«

Flo zuckte mit den Schultern. »Ich dachte, darum gehts beim Erwachsensein«, sagte er.

»Was weiß ich«, sagte ich und erwiderte sein Schulterzucken, »vielleicht gehts auch einfach nur darum, so zu tun als ob.«

Wir schwiegen ein wenig. Ich deutete auf die Kiste mit den Jura-Unterlagen.

»Kann man die nicht verkaufen? Die Unterlagen sind doch bestimmt für Studienanfänger oder so total wertvoll.«

»Höchstens ein paar der Bücher«, sagte Flo, »aber die waren bereits secondhand. Und der Rest … ich glaub nicht, dass irgendein Erstsemestler die Notizen von jemandem haben will, der durchgefallen ist. Das ist alles wertlos.«

Er überlegte kurz und stieß auf einen Gedanken, der ihm gefiel. »Aber ich hab da 'ne Idee, was man noch damit machen könnte«, sagte er und sah mich an, »hast du zufällig ein Feuerzeug dabei?«

Wir stellten die Kiste im Garten ab. Sie hatte uns wieder beinahe den Rücken gebrochen, aber es war das letzte Mal, dass diese Kiste irgendwohin getragen werden musste. Flo nahm sich mein Feuerzeug und zündete eine Seite der Kiste an, in der alles war, worüber er sich die letzten zwei Jahre den Kopf zerbrochen hatte. Jeder Paragraf, den er für jede Klausur gelernt hatte, durch die er durchgefallen war, jede Mitschrift aus jeder Vorlesung, jede Notiz.

Seine letzten zwei Jahre.

Es dauerte ein wenig, und Flo musste noch ein paar weitere Ecken anzünden, aber langsam wuchs das Feuer und die Flammen stachen immer höher aus der Kiste. Die Wärme lag angenehm auf unseren Gesichtern.

»WASMACHTIHRDENNDA?! JASPINNTIHRDENN!?«

Kurz darauf kam Flos Mutter mit einem Glas Wasser angerannt. Sie schüttete das Häufchen Wasser in die Kiste, aber die Flammen schluckten es ohne Probleme. Martha rannte daraufhin wieder in die Küche, um mehr zu holen. Flo und ich bewegten uns nicht. Wir sahen uns das Feuer an und genossen jede Flamme und jedes Flackern. Schließlich kam seine Mutter mit einem ganzen Eimer wieder, den sie über der Kiste auskippte. Jetzt endlich erstickten die Flammen, und das Feuer erlosch.

»IHRSPINNTDOCH!«, rief Flos Mutter aufgebracht und tanzte vor Wut hin und her, als wäre sie Rumpelstilzchens verlorengegangene Schwester. »IHRSPINNTDOCH! IHRSPINNTDOCH! IHRSPINNTDOCH!«

Die Kiste war verbrannt, durchweicht, zermatscht, verkohlt, sie war ein für alle Mal kaputt. Flo und ich grinsten bis über beide Ohren.

Papa hatte Abendessen gemacht. Es gab Reis, Salat und Fleisch. Also eigentlich das, was es immer gab, wenn er Essen machte. Ich hatte schon jetzt Muskelkater vom Umzug und hing auf meinem Stuhl wie ein Haufen dreckiger Wäsche.

»Wie wars bei Florian?«, fragt Papa.

Ich lächelte und dachte an die brennende Kiste.

»Ach«, sagte ich, »Umzug halt.«

Ich stocherte in meinem Reis herum.

»Flo und ich haben überlegt, in eine WG zu ziehen. Vielleicht zu dritt mit Özlem«, sagte ich, »falls die jemals wieder aus Australien zurückkommt.«

Mein Vater schmatzte laut, sagte aber nichts. Ich aß

die letzten Bissen von meinem Teller und schob ihn beiseite.

Mein Blick fiel auf das Bild, das am Kühlschrank hing: »TIMUЯ AsLAN – Klasse 2C«. Es zeigte mich und meinen Vater Hand in Hand vor einem Haus. Wir hatten riesige Köpfe und dünne Beine. Mit blauer Farbe hatte ich den Himmel als dünnen Strich an den oberen Rand des Papiers gemalt. Der Himmel war schließlich oben. Darunter erstreckte sich im Hintergrund bis zum Boden des Blatts nur das leere Weiß der Seite. Ein gaffendes Nichts zwischen Himmel und Erde. Ich konnte mich nicht wirklich daran erinnern, das Bild gemalt zu haben. Es sah aus wie jedes beliebige Bild, das jeder beliebige Siebenjährige aus der Schule mit nach Hause bringt. Trotzdem war es das einzige meiner Bilder, das seit über zehn Jahren ununterbrochen öffentlich ausgestellt wurde.

»Warum hast du eigentlich ausgerechnet das Bild aufgehängt?«, fragte ich.

Papa hatte jetzt auch aufgegessen. Er wischte sich den Mund ab und legte die Serviette in den Teller. »Ach«, sagte er, »weiß nicht.«

Er wirkte etwas verlegen. »Das ist das erste Bild, das du von der Familie gemalt hast ohne deine Mutter«, sagte er schließlich, »nur wir beide. Das hat mich irgendwie ... das fand ich schön. Wir beide sind jetzt die Familie.«

Darüber hatte ich noch nie nachgedacht.

Papa stand auf. »Ich gehe mal eine rauchen.« Er griff sich eine Schachtel Zigaretten.

»Warte«, sagte ich, »ich komme mit.«

Draußen war es bereits dunkel. Der ganze Himmel war gespickt mit kleinen Sternen. In der Luft lag ein leises Dröhnen. Es war nicht ruhig draußen, aber man konnte auch nicht wirklich sagen, was man da hörte. Es waren einfach die Hintergrundgeräusche der Nacht. Papa holte seine Zigaretten hervor.

Ich dachte an das Bild am Kühlschrank. Wie ich eines Tages von der Schule kam und es ihm zeigte und plötzlich die Familie auf zwei Personen geschrumpft war. Ich berührte seinen Arm in einem Versuch, ihn zu streicheln.

»Danke, dass du die letzten beiden Tage so für mich da warst«, sagte ich.

Papa nickte und zündete sich seine Zigarette an.

Ich hatte auch wahnsinnig Lust, eine zu rauchen. Normalerweise ging ich dafür immer hoch in mein Zimmer und tat es heimlich. Aber jetzt gerade wollte ich nicht gehen. Ich wollte hier bei ihm sein.

Ich zögerte kurz.

Dann holte ich einfach meine Schachtel hervor, steckte mir eine Zigarette in den Mund und wartete auf seine Reaktion.

Er blieb erstaunlich gelassen und reichte mir sogar Feuer. Als er sah, wie verblüfft ich war, lachte er leise.

»Was?«, sagte er. »Glaubst du, ich weiß nicht, dass du rauchst? Dein ganzes Zimmer riecht nach Qualm. Seit fünf Jahren.«

Ich zog verlegen an meiner Zigarette. Dann lachte ich auch.

Wir rauchten beide in die Nacht hinein. Es war schön. Unsere erste Zigarette zusammen.

Später im Bett fand ich keinen Schlaf. Ich schmiss mich hin und her und wechselte den Beziehungsstatus mit meiner Bettdecke im Sekundentakt von »fest zusammen« zu »will nichts mehr mit ihr zu tun haben« und wieder zurück. Es war weder die Verabredung mit Benjamin morgen noch das drohende Kündigungsgespräch am Montag, was mich so unruhig machte. Es war die Nachricht von Annette, die ich noch immer nicht geöffnet hatte. Ich schmiss meine Bettdecke von mir und glotzte die Wand an. Wollte ich jetzt noch was mit Annette zu tun haben oder nicht? Vielleicht kam die Nachricht ja auch gar nicht von Annette, sondern jemand Fremdes hatte mir einfach aus Versehen geschrieben. Vielleicht hatte jemand von einer Frau eine falsche Nummer bekommen, damit er sie mit seinen aufdringlichen Flirtversuchen endlich in Ruhe ließ, und jetzt bekam ich sie stattdessen ab. Ich griff mir mein Handy. Das Licht des Bildschirms verbrannte mir selbst bei niedrigster Helligkeitsstufe die Augen.

Ich öffnete die Nachricht.

> Hallo, ich hoffe, dir gehts gut.
> Danke für die letzten Tage. Tut mir leid, wie unser Ausflug geendet ist.
> Ich hänge jetzt in Deutschland im Franziskus-Hospital herum.
> Also gar nicht so weit weg von dir …
> Wenn du magst, komm gerne vorbei, ich schulde dir schließlich noch einen kleinen Teil der Geschichte.
> Und Deal ist Deal.
> -A.

Wollte ich mit Annette reden? Ich war gar nicht mehr so wütend über ihre Lüge, wie ich dachte, und anscheinend war auch das mit dem Dosenöffner nicht komplett erfunden, oder warum sollte sie mir sonst den Rest der Geschichte erzählen wollen? Es waren ja tatsächlich noch ein paar Fragen offen. Hatte dieser gescheiterte Schauspieler/Geschäftsmann Wilhelm jetzt die Idee geklaut? Warum warb die Firma ThoWil in der Schweiz damit, den Dosenöffner erfunden zu haben? Und wie wurde aus der Annette, die ich kannte, die Millionärin und Vorsitzende der Firma Krone Alexandra Kokkinos?

Ich bat meine Decke darum, mich nach unserer letzten Trennung zurückzunehmen, und wickelte mich darin ein.

Morgen würde ich Benjamin treffen. Er hatte am Telefon so begeistert reagiert, als ich ihm erzählt hatte, dass ich die ganze Zeit mit der Alexandra Kokkinos aus seinem Artikel unterwegs gewesen war. Vielleicht war das Volontariat ja doch noch nicht verloren. Eine Hammer-Story hatte ich jetzt zumindest auf jeden Fall. Vielleicht konnte er mir helfen, die letzten Fragezeichen zu klären. Vielleicht konnte er mir wirklich das Volontariat sichern. Oder eben auch nicht. Das wäre auch okay. Denn egal, was Benjamin mir morgen erzählen würde, egal, was meine Chefin Annemarie mit mir am Montag bereden wollte, egal, wie das mit dem Volontariat ausging, ich war okay. Die anonyme Masse, die mich dafür verurteilte, noch nicht »weiter« in meinem Leben zu sein, war verschwunden. Vielleicht hatte es sie auch nie gegeben.

17

In der Stadt war wie gewohnt viel los. Die Menschen liefen beschäftigt umher wie aufgeschreckte Ameisen. Wobei Ameisen immer umherlaufen, als wären sie aufgeschreckt, also liefen sie wohl einfach wie Ameisen umher. Nur um die große Standuhr vor dem Hauptbahnhof warteten ein paar einsame Teenager und starrten in die Gegend. Die Uhr war ein Orientierungspunkt für Verabredungen und hatte als solcher auch das Handy-Zeitalter überlebt. »Treffen uns bei der Uhr« ist schließlich wesentlich unkomplizierter, als sich tausendmal den eigenen Standort übers Handy hin und her zu schicken und sich dann gegenseitig zu jagen, als wäre man in einer Gameshow.

Ich ging an der Uhr vorbei und bog in eine Seitenstraße. Die Hauptredaktion des Westfälischen Anzeigers lag eigentlich auf meinem Weg, aber ich nahm eine Abkürzung durch den Park, denn ich war bereits ein wenig zu spät dran.

Das Restaurant, in dem Benjamin und ich uns verabredet hatten, hieß »Der Burgermeister«. Burgerläden sind wahrscheinlich die einzigen Einrichtungen, die Friseursalons in der Dämlichkeit ihrer Namen Konkurrenz machen können. »Der Burgermeister« war einer dieser »hippen« neuen Burgerläden, die in den letzten Jahren aus irgendeinem Grund in ganz Deutschland aufgetaucht waren wie ein plötzlicher Ausschlag. Jedes Jahrzehnt hatte da seinen ganz eigenen Trend. In den 90ern gründeten gelangweilte Männer Mitte zwanzig eine Band, in den 2000ern machten sie eine Bar auf, und in den 2010ern kamen dann die Burgerläden. Mittlerweile war der Burger-Hype vorbei, und die gelangweilten Mittzwanziger dieses Jahrzehnts machten stattdessen alle einen Podcast.

»Der Burgermeister« sah von innen ganz schön rustikal aus. Die Wände waren nackt und dreckig. Von der Decke hingen schwere Stahllampen herunter. Ich war mir nicht sicher, ob man diesen Stil »industrial« oder »kürzlich ausgeraubt« nannte. Benjamin saß in einer dunklen Ecke. Er entdeckte mich und winkte mir zu.

»Hey, Mann!«

Ich ging zu ihm, grüßte kurz und setze mich an den Holzklotz von Tisch. Die Stühle waren steinhart.

»Geil, dass es geklappt hat!«, sagte er und legte mir eine Speisekarte hin. »Das geht hier superschnell mit den Burgern, such dir am besten schon mal einen aus!« Ich nickte und nahm die Karte an mich.

Er musterte mich, während ich versuchte, die Karte

zu lesen. Sie war ziemlich kryptisch. Die Burger hießen »Napoleon« oder »Die Krönung« oder »Der Waldmeister«, als müsste ihre Identität geschützt werden. Ich musste mir bei jedem Burger die viel zu klein gedruckten Zutaten durchlesen, um zu verstehen, was in dem Burger drin war. Warum nannten diese Läden ihr Essen nicht einfach ganz normal »Cheeseburger« oder von mir aus auch »Burger mit extra Avocado«? Es waren schließlich einfach nur Buletten zwischen Brot und nicht Banksy.

»Wahnsinn alles«, sagte Benjamin, »das mit der Kokkinos. Hast du noch wem davon erzählt?«

Ich sah verwirrt von meiner Karte hoch.

»Von der Flucht und allem ...«, fügte Benjamin erklärend hinzu.

»Nein«, antwortete ich, »nur mein Vater weiß Bescheid. Und die Polizei. Warum?«

Die Bedienung kam angerauscht. Ein Mann, der irgendwas zwischen sechzehn und sechsundvierzig war, je nachdem, aus welchem Winkel man guckte.

»Wisst ihr schon, was ihr wollt?«, fragte er. Sein dünner Oberlippenbart zuckte mit jeder Silbe.

»Ja«, sagte Benjamin, »für mich einmal den ›Leuchtturmwärter‹ und dazu Steak Cut Fries, bitte.«

Der Kellner sah mich an, aber ich war noch dabei, die Karte zu studieren und alle Burger-Geheimidentitäten aufzudecken.

»Ähh«, sagte ich, »einen Cheeseburger?«

»Du meinst El Classico?«, fragte der Kellner abschätzig.

Ich nickte.

»Und was willst du dazu? Fries?«

»Ja.«

Der Kellner und Benjamin sahen mich an wie ein Kleinkind.

»Welche?«, fragten beide gleichzeitig.

»Ganz normale!«, rief ich.

Der Kellner schüttelte den Kopf.

»Also Straight Cut, No Flavor?«

»Ja. Und zu trinken hätte ich gerne eine Cola«, sagte ich, »oder heißt das bei euch Dark Sugar Classic Bubble Fuzz?«

Die Bedienung lachte verächtlich und ging davon.

»Getränke muss man sich selber aus dem Kühlschrank holen«, erklärte Benjamin.

»Okay«, sagte ich genervt, »soll ich dir was mitbringen?«

Benjamin überlegte kurz.

»Fritz-kola ohne Zucker bitte.«

Der Kühlschrank stand am anderen Ende des Restaurants neben der Kasse. Für das Prinzip der Getränke-Selbstbedienung war dieser Laden eindeutig zu groß.

Ich quetschte mich durch die anderen Gäste, die ihre »Napoleons« und »Flavortowns« bereits vor sich stehen hatten, und dachte wieder an die Nachricht von Annette oder Alexandra, war ja auch egal. Ich griff mir zwei Flaschen Cola.

Sollte ich sie vielleicht einfach besuchen?

Aus der Küche roch es nach Fett und Zwiebeln, und dauernd zischte rohes Fleisch auf dem Grill. Ich benutzte den Flaschenöffner, der am Kühlschrank hing und kehrte zu Benjamin zurück. Er tippte ungeduldig mit den Fingern auf dem Tisch herum, als würde er den einsilbigsten Roman aller Zeiten schreiben. Ich stellte ihm seine Flasche hin und setzte mich.

»Okay, Mann«, sagte er, »lass mal jetzt über die Kokkinos reden.«

»Gerne«, sagte ich. Benjamin nahm einen großen Schluck Cola. Dann sah er mich entschlossen an.

»Ich will daraus 'ne Story machen«, sagte er.

Moment mal, *ich*, wie in *ich, Benjamin*?

»Dass die Kokkinos aufgetaucht ist, kommt jetzt überall in den Zeitungen. Aber nur als kurze Meldung. Ist schließlich nicht so interessant, wie dass sie verschwunden ist. Wahrscheinlich nur so zehn Zeilen oder so. Aber ich will die Aufmerksamkeit nutzen und deine Story dazu richtig groß verkaufen. Du warst schließlich direkt dabei!«

»Ja, eben«, sagte ich, »warum willst DU dann eine Story daraus machen? Das ist doch MEINE Story? Ich hab sie überhaupt erst interviewt, weil du gemeint hast, dass ich eine große Story brauche und dass du dann für mich das Volontariat klären kannst!«

Benjamin winkte ab. »Nee, Mann, nee. Das meinte ich doch nur so allgemein. Ich kann da nichts für dich klären. Aber allgemein wär's gut, wenn du Storys bringst, damit du das Volontariat kriegst ...«

»Allgemein?!«

Benjamin nickte, »Ja, aber vergiss das Volo. Ich hab was Besseres. Ich will die Story über dich und die Kokkinos ganz groß bringen. Nicht beim Westfälischen Anzeiger, sondern größer. Ich denke da an die BILD ...«

Bei dem Stichwort schüttelte ich reflexartig den Kopf.

»Das ist doch absolutes Drecks-Boulevard!«, sagte ich.

Benjamin war von meinen Widerworten etwas überrascht.

»Weißt du, was die für 'ne Auflage haben?«, fragte er. »Das liest ganz Deutschland!«

Er beugte sich über den Tisch.

»Ich will als fester Freier zur BILD wechseln. Und wenn ich beim Westfälischen Anzeiger weg bin, fehlt denen natürlich eine Stelle. Und rate mal, wen ich dann vorschlage! Bingo! Dich. Also vergiss das Volo, du kannst dann gleich Vollzeit bei der Hauptredaktion einsteigen. Das ist doch viel besser als ein Volo. DAS kläre ich für dich!«

Der Kellner kam mit den Burgern zurück. Das ging wirklich schnell. Er balancierte die beiden Teller auf den Tisch. Benjamin bekam einen knapp 50 cm hohen Burger. »Der Leuchtturm!«, sagte der Kellner feierlich.

Mich würdigte er keines Blickes. »Da«, sagte er ausdruckslos und warf mir meinen Teller hin. Ein einfacher Burger mit Käse. Er sah gegen Benjamins Turm erbärmlich langweilig aus.

Benjamin starrte hinter seinem Burgerturm hervor.

»Also«, sagte er, »was meinst du? Machen wir die Story für die BILD?«

Ich biss wütend in eine Pommes. So hatte ich mir das nicht vorgestellt.

Benjamins Burger wurde von einem langen Holzspieß zusammengehalten. Auch in meinem steckte einer, aber er war überhaupt nicht nötig. Ich zog ihn raus.

»Ich weiß nicht«, sagte ich, »ich habe auch noch gar nicht mit Annette gesprochen … ich meine Alexandra.«

»Warum willst du denn noch mit der sprechen?«, fragte Benjamin verständnislos. »Wir haben doch alles, was wir brauchen! Schau mal!« Er schob mir sein Handy hin. »Ich hab schon was geschrieben. Für dich entsteht eigentlich keine Arbeit mehr.«

Ich legte meinen Holzstab zur Seite und sah auf sein Handy. Schon die Überschrift reichte mir.

GAGA-FAHRT mit MILLIONÄRS-OMA
Ich las trotzdem weiter.

> Alexandra Kokkinos hat Millionen von Euros auf ihrem Konto, aber dafür anscheinend nicht mehr alle Tassen im Schrank. Sie ist der Chef der Firma KRONE und vor einigen Wochen plötzlich verschwunden.

Als Anmerkung war ein Link zu einem Artikel über ihr Verschwinden eingefügt. Natürlich der Artikel von Benjamin selbst.

> Das ganze Land hat nach ihr gesucht, aber der junge Reporter Timur Aslan war der Einzige, der wusste, wo sie ist. Er hat die Millionärs-Oma nämlich in die Schweiz gefahren. Ihr bei der Flucht geholfen! Aber warum? Weil er nicht wusste, um wen es sich eigentlich handelt!

Darunter stand in Rot als Platzhalter »Zitat Timur«. Der Artikel ging noch weiter, aber ich hatte genug.

Benjamin versuchte verzweifelt seinen Burger zu essen, aber der Turm passte in keinem Winkel in seinen Mund. Das war schlimmer als beim Zusammenpacken eines Schlafsacks, weil man da wenigstens wusste, dass er *theoretisch* in die Hülle reinpassen musste. Er gab auf und griff sich Messer und Gabel.

»Du musst mir nur noch ein paar Zitate geben«, sagte er, »dann kann ich das sofort einschicken! Je schneller, desto besser.«

»Ich weiß nicht«, sagte ich und nahm einen Bissen von meinem Burger. Er schmeckte tatsächlich sehr gut. »Das ist ehrlich gesagt nicht die Geschichte, die ich im Kopf hatte. Es geht nur um die Flucht, gar nicht darum, wer sie überhaupt ist. Außerdem gibt's noch so viele offene Fragen.«

»Offene Fragen?«

Benjamins Burger war nach wenigen Messerstichen auseinandergefallen. Er versuchte ihn mit seinem Besteck aufzusammeln und aß ihn dann wie einen Auflauf.

»Ja«, sagte ich, »was ist aus dem Dosenöffner geworden? Hat sie ihn jetzt wirklich erfunden? Warum ist sie überhaupt geflohen? Wovor? Und außerdem: Sie ist keine ›Millionärs-Oma‹, das klingt komplett entwürdigend.«

Benjamin lachte abschätzig.

»Nee, Mann, nee. Was für'n Dosenöffner?! Und wer sie *wirklich* ist und bla, das interessiert doch keine Sau. Das ist absolut belanglos. Da schreibt man vier Zeilen drüber, und gut ist. Aber keinen ganzen Artikel! Zumindest nicht bei richtigen Zeitungen mit Auflage.«

Ich biss in meinen Burger.

»Mich interessiert es schon«, sagte ich mit vollem Mund.

Benjamin wurde wütend.

»Das ist dein Ticket in die fucking Hauptredaktion!«, sagte er. »Wenn du mir hilfst, helfe ich dir!

Oder willst du lieber den Rest deines Lebens Lokaljournalismus machen, wie so ein unbedeutender Hinterwäldler?!«

Seine aggressive Reaktion überraschte mich. So aufgebracht hatte ich ihn noch nie erlebt. Benjamin seufzte.

»Hör mal, Mann«, sagte er, »ich brauche das. Ich bin jetzt schon seit einem Jahr beim scheiß Westfälischen Anzeiger. Ja, das ist 'ne überregionale Zeitung, aber trotzdem. Ich muss endlich weiter. Die Zeitung hat doch überhaupt kein Prestige. Und das hier ist meine Chance! Wenn ich so eine geile Geschichte bei der BILD unterbringe, das wärmt den Kontakt zu denen direkt auf. Ich kann da bestimmt einsteigen. Und dann arbeite ich endlich so richtig für 'ne richtig, richtig große Zeitung. Nicht nur alle paar Monate mal hier und da ein Artikel, sondern ... so richtig halt.«

Mein Burger war aufgegessen. Benjamins Burger lag in seinen Einzelteilen vor ihm. Ich konnte ihn verstehen, aber ich konnte das Annette einfach nicht antun. Egal, wie sehr sie mich angelogen hatte. Sie war mehr als eine »Millionärs-Oma«, und das war nicht die Geschichte, die sie verdient hatte.

»Tut mir leid«, sagte ich, »aber nein.« Benjamin konnte eh absolut nichts für mich tun. Ich zweifelte daran, ob er es überhaupt jemals gekonnt hatte. Wahrscheinlich war alles von Anfang an heiße Luft gewesen.

Ich nahm zwanzig Euro aus meiner Tasche und legte sie auf den Tisch. Das wollte ich schon immer mal machen. Bezahlen wie in Filmen. Einfach das Geld hinlegen und gehen.

»Wie, nein?«, fauchte Benjamin.

»Nein«, sagte ich und stand auf.

Benjamin sah mich missbilligend an.

»Okay, Mann, damit hast du dir alles verbaut!«, sagte er. »Ich hoffe, dir gefällt die Lokalredaktion, da wirst du nämlich den Rest deines Lebens rumhängen und Dinge schreiben, die niemanden interessieren!«

Ich schüttelte den Kopf. »Glaube nicht, dass du das entscheidest.«

Bevor ich ging, drehte ich mich noch einmal um.

»Ach ja und wenn du sie schon fälschlicherweise als ›Chef‹ bezeichnest, dann schreib wenigstens ›Chefin‹. So schwer ist das mit dem Gendern auch nicht.«

»Whatever«, sagte Benjamin und grub seine Gabel in den Burgerauflauf. Dann verschwand ich aus dem Restaurant.

Ich lief wieder durch die Stadt und nahm diesmal den Weg an der Hauptredaktion vorbei. Sie erstreckte sich über zwei Stockwerke. Auf einem großen Schild an der Fassade stand in grünen Lettern: »Westfälischer Anzeiger«. Eigentlich auch nur ein ganz normales Gebäude, dachte ich und ging weiter zum Bahnhof. Irgendjemand hatte den Fahrplan überschmiert, sodass man nichts mehr lesen konnte. Die absolut effektivste Form von Anarchismus. Sind die Pläne überschmiert, ist man als kleines Zahnrad im System sofort aufgeschmissen. Na ja, fast. Es gab schließlich alle Abfahrtszeiten mittlerweile online. Ich öffnete die zuständige App und sah nach, wie ich am besten zum Franziskus-Hospital kam. Es gab da nämlich eine alte Frau, der ich endlich einen Besuch abstatten musste.

18

Zum zweiten Mal in dieser Woche saß ich wieder in einem Krankenhaus und wartete darauf, dass ich zu Annette durfte. Sie empfing gerade schon Besuch, hieß es. Ich fragte mich, wen. Wenig später kam die Antwort aus der Tür geschlurft. Es war Klaus, der alte, wirre Mann, der mich damals überhaupt erst auf Annette gebracht hatte. »Sie hat ein Geheimnis!«, hatte er gesagt, und ich hatte ihn nicht ernst genommen.

Klaus hing in den Armen einer jungen Frau und verließ gerade den Flur, der zu Annettes Zimmer führte. Als er mich sah, erkannte er mich sofort und winkte mir zu. Ich winkte zurück. Er wirkte viel weniger wirr und nervös, als ich es von ihm gewohnt war.

»Du kennst das Geheimnis jetzt, oder?«, sagte er.

Ich nickte. Die Frau an seinem Arm sah mich fragend an.

»Wir kennen uns über Annette«, sagte ich. Das war nicht wirklich eine Erklärung für irgendetwas, aber die Frau nahm es so hin.

»Ich bin Johanna«, sagte sie, »die Tochter von Klaus.«

Ich konnte mir nicht vorstellen, dass Klaus eine Tochter hatte. Oder überhaupt ein Leben. Bisher war er für mich nur ein verrückter alter Mann gewesen.

Klaus sah mich an. »Was ist denn das Geheimnis?«, fragte er prüfend.

»Annette heißt nicht wirklich Annette«, sagte ich, »sondern Alexandra Kokkinos.«

Er seufzte erleichtert, eine Last fiel von ihm ab. »Wir kennen uns aus der Schule!«, rief Klaus. »Ich hab sie gleich wiedererkannt, als sie neben mir im Heim eingezogen ist! Ich wusste, dass sie nicht Annette heißt! Aber ich durfte es niemandem erzählen!«

Ich lachte. Klaus war wirklich wesentlich weniger verwirrt, als ich gedacht hatte.

»Ich wollte es sagen«, meinte er, »aber ich musste ihr versprechen, es niemandem zu verraten.«

»Du hast dein Versprechen gehalten«, sagte ich.

Klaus grinste zufrieden.

»Jetzt ist es UNSER Geheimnis«, sagte er. Seiner Tochter war die Unterhaltung nicht ganz geheuer. Vermutlich wirkte ich in ihren Augen ebenso wirr, wie Klaus damals auf mich gewirkt hatte. Zum Abschied zwinkerten wir uns verschwörerisch zu, was seine Tochter nur noch mehr verunsicherte.

Kurz darauf kam eine Krankenschwester zu mir und meinte, dass ich jetzt zu Annette könne.

Annettes Zimmer hatte eine große Fensterfront, durch die das Licht orange in den Raum schimmerte. Abgesehen von einem kleinen Holztisch und ein paar noch kleineren Holzstühlen, die aussahen, als hätte man sie aus einem Kindergarten geklaut, war das Zimmer weitestgehend leer. Nur Annette war noch drin, in einem großen Bett, umgeben von Geräten. Sie lag in den weißen Bettlaken begraben, als wäre sie schon tot. Die Ärztin klopfte an der offenen Tür.

»Frau Kokkinos, Sie haben noch einen Besucher ...«

Annette drehte sich überrascht zu uns um. Sie hatte ihr Gesicht bisher immer vor mir versteckt, mit ihrer dunklen Sonnenbrille und dem Kopftuch. Doch jetzt musste sie sich nicht mehr verstecken. Ihre grauen Locken klebten am Kopfkissen. Ihre Haut wirkte fahl, wie mit Asche überzogen. Als sie mich sah, formten ihre schlaffen Lippen ein Lächeln.

»Danke«, sagte sie, und die Ärztin ließ uns alleine. Ich trat langsam an ihr Bett.

Annette musterte mich.

»War mir nicht sicher, ob du kommst«, sagte sie.

»Ich auch nicht«, sagte ich.

Sie richtete sich ein wenig auf.

Ich zog mir einen der Kindergartenstühle ans Bett und setzte mich.

»Willst du den letzten Teil der Geschichte hören?«, fragte sie.

»Ja«, sagte ich, »aber ich bin auch einfach so hier. Als Besuch.«

Auf ihrem Nachttisch standen ein paar Blumen, vermutlich von Klaus. Ich wurde etwas verlegen, weil ich ihr nichts mitgebracht hatte.

»Das ist nett«, sagte Annette und hustete laut und schmerzvoll, »aber du hast bestimmt viele Fragen.«

»Nur eine«, sagte ich, »was war alles gelogen?«

Annette kaute ein wenig auf ihrer Lippe.

»Eigentlich nichts, nur der Name. Aber du darfst mich auch gerne weiter Annette nennen, wenn du magst.«

Ich zuckte mit den Schultern. »Okay«, sagte ich, »und seit wann ist Annette die Vorsitzende der Firma Krone?«

Sie grunzte.

»Krone gehörte Wilhelms Vater«, sagte sie, »du kannst dich hoffentlich noch an Willi erinnern?«

Ich nickte. »Der Typ, der dich in den Tanzclub mitgenommen hat und dem ihr später euren Dosenöffner vorgestellt habt.«

»Genau«, sagte Annette, »seiner Ehefrau Annika hatte er erzählt, dass an dem Abend nichts passiert war. Und das stimmte auch, aber nach ihrem Besuch bei uns glaubte sie das nicht mehr und verließ ihn. Wilhelm versuchte dann, den Dosenöffner zu klauen, und Thomas und ich gerieten in einen langen Patentstreit. Den wir letzten Endes aber gewannen. Das Patent auf den Randschneider wurde Thomas und mir zugesprochen. Wir waren nun die einzigen beiden Menschen, die das Recht hatten, ihn zu verkaufen. Aber der Streit kostete uns unsere letzten finanziellen und emotionalen Reserven.« Annette sah traurig aus dem Fenster.

»Thomas fand heraus, was zwischen mir und Willi geschehen war, und wusste nicht mehr, was er glauben sollte und was nicht. Das Vertrauen in der Beziehung war nachhaltig kaputt. Das war nicht nur meine Schuld. Es braucht zwar bloß eine Person, um Vertrauen zu zerstören, aber zwei, um es wiederaufzubauen. Ich war bereit, daran zu arbeiten, er nicht. Ich glaube, er merkte auch einfach, dass er eigentlich kein Vater sein wollte. So etwas ein Jahr NACH der Geburt des Kindes zu merken, ist natürlich schlechtes Zeitmanagement, aber wie auch immer. Unsere Beziehung zerfiel immer mehr, und noch bevor wir irgendetwas aus dem Dosenöffner machten, verließ er mich und seine Tochter und zog zurück in die Schweiz. Zusammen mit Wilhelm.«

»Was? Mit Wilhelm?«

Annette freute sich über meine ehrliche Entrüstung.

»Ja«, sagte sie. »Nachdem Wilhelm das Patent nicht zugesprochen bekam, trat er an Thomas heran und schlug ihm vor, gemeinsam eine eigene Firma zu gründen. Wilhelm hatte das Kapital, Thomas den Öffner. Heute würde man sagen, sie haben mit dem

Dosenöffner ein Start-up gegründet. Wie er Thomas überzeugen konnte, mit ihm zusammenzuarbeiten und warum es ausgerechnet die Schweiz war, weiß ich nicht. Vielleicht dachte sich Wilhelm, dass er Thomas mit der Aussicht ködern könnte, wieder zurück in seine Heimat zu ziehen. Aber wahrscheinlich war es nicht so schwer, Thomas zu überzeugen, wie ich es mir gerne vorstelle. Wahrscheinlich reichte die Vorstellung, eine eigene Firma zu haben und dafür kein Kind mehr, und der Umzug in die Schweiz war einfach nur ein Bonuspunkt.«

Annette schüttelte den Kopf.

»Im Nachhinein ergibt es sogar irgendwie Sinn«, sagte sie. »Der eine wollte mit dem Gang in die Schweiz in, der andere aus den Fußstapfen seines Vaters treten. Und beide waren irgendwie Idioten. Die Firma gibt es bis heute, auch wenn es Thomas und Wilhelm nicht mehr gibt.«

Mein Hirn schlug plötzlich Alarm und kramte zwischen den Neuronen nach einem passenden Puzzleteil zu dieser Info. »Natürlich«, rief ich, als sich in meinem Kopf endlich alles zusammensetzte, »Tho-Wil! Thomas – Wilhelm!« Die Firma, der ich nach meiner kurzen Internetrecherche eine Mail geschrieben hatte. »Was für ein bescheuerter Name!«

Annette lachte.

»Nachdem Thomas mich verlassen hatte, war ich sozial und finanziell ruiniert. Wie eigentlich jede geschiedene Frau damals. Aber ich hatte noch den Dosenöffner. Wilhelms Vater, der Chef der Firma Krone, sah es als großen Verrat an, dass Wilhelm bei ihm ausstieg und seine eigene Firma gründete. Und genau das nutzte ich aus. Ich stellte mich bei ihm vor, sagte, dass ich auch ein Patent auf den Öffner hatte, und schloss mit ihm ein Geschäft ab. Die Firma Krone bekam das Recht, den Öffner herzustellen und zu verkaufen. Thomas und Wilhelm haben dieses Recht nie angefochten. Und wir haben nie ihr Recht angefochten, den Öffner in der Schweiz zu verkaufen. Konnten wir glaube ich auch gar nicht. Ist ja auch egal. Für den Dosenöffner wollte ich kein Geld von Krone, sondern einen Job. Ich wollte den Vertrieb des Öffners leiten. Das war sehr viel verlangt. Aber Wilhelms Vater ging drauf ein. Zum einen, weil er wirklich an den Dosenöffner glaubte, und zum anderen, weil er seinem Sohn eins auswischen wollte. Ich wurde eingestellt, stieg ins Geschäft ein und machte mit dem Dosenöffner großen Gewinn für die Firma. Ab da arbeitete ich mich langsam hoch. Vierzig Jahre lang. Seit fünfzehn bin ich Vorsitzende.«

»Ganz schön beeindruckend«, sagte ich.

Annette schnalzte unzufrieden mit der Zunge.

»Es war wirklich nicht einfach. Und ohne die Gunst von Wilhelms Vater hätte ich es nicht geschafft. Nicht, dass ich es ohne seine Gunst weniger verdient hätte, ich war die beste Geschäftsfrau, die die Firma je hatte, aber ich war eben auch eine Frau. Und das machte alles wesentlich schwerer. Es macht auch heute noch alles schwerer, aber in den 70ern? Wäre ich ein Mann, wäre das mit der Karriere schneller gegangen. Na ja. Mittlerweile gibt es übrigens Hunderte Patente auf den Randschneider. Jede Verbesserung des Winkels, jede Veränderung der Schnitthöhe, selbst die Anpassung des Griffs rechtfertigt ein neues Patent. Und unseres war nicht einmal das erste. Irgendein Amerikaner hatte ein ähnliches Modell ein paar Monate zuvor angemeldet. Im Endeffekt war es also komplett belanglos, wer den ersten Randschneider erfunden hat, verkaufen dürfen ihn mittlerweile alle.«

Sie senkte den Blick und dachte nach.

»Meine Tochter hat unter all dem sehr gelitten«, sagte sie schließlich. »Nachdem Thomas mich so sehr verraten und uns beide einfach verlassen hatte, war es das erst einmal mit meinem Vertrauen in Männer. Sie bekam keinen neuen Vater. Ich versuchte, so gut es ging für sie da zu sein, aber im Grunde zog meine Mutter sie groß. Später entfremdeten wir uns noch mehr voneinander. Vor einigen Jahren habe ich sie gefragt, ob sie bei Krone einsteigen will. Um später meine Nachfolgerin zu werden.«

»Und, was hat sie gesagt?«

»Nichts. Ich habe sie seitdem weder gesehen noch gesprochen. Wie gesagt ... unser Verhältnis ist distanziert.«

Annette unterdrückte einen Hustenreiz, was ihren ganzen Körper zum Rasseln brachte. Ich hatte jetzt zwar den Durchblick, wann was wie passiert war, aber eine letzte große Frage fehlte doch noch.

»Warum?«

Annette kämpfte noch etwas mit ihrem Hustenreiz.

»Warum was?«, fragte sie und ließ noch einmal kurz ihren Brustkorb rasseln.

»Na, der falsche Name und das Untertauchen. Warum alles?«, sagte ich. »Warum hast du dich Annette genannt und dich in einem Altersheim versteckt? Wovor hast du dich versteckt?«

Annette bekam ihre Atmung langsam wieder unter Kontrolle.

»Glaubst du eigentlich, ich huste zum Spaß?«, fragte sie. »Ich habe vor ein paar Wochen die Diagnose Lungenkrebs bekommen.«

Ich starrte sie erschrocken an. »Das tut mir leid«, sagte ich.

Wir schwiegen kurz. Sie atmete schwer.

»Es war schon zu spät für Chemo oder irgendwas. Stattdessen bekam ich einfach Schmerztabletten. Ich hatte niemandem davon erzählt, wusste aber, dass ich es nicht ewig geheim halten konnte. Es waren noch tausend Dinge zu klären«, sagte sie. »Die Erbschaft, die Firmenangelegenheiten, tausend bürokratische Sachen, es war absurd. Es fühlte sich so an, als müsste ich noch meine eigene Beerdigung organisieren. Aber ich war nicht bereit zu sterben ... Also habe ich einfach meine Koffer gepackt und bin aus dem Krankenhaus getürmt, ohne irgendwem Bescheid zu sagen.«

»Aber hättest du nicht auch einfach verfügen können, dass du entlassen werden möchtest oder so?«, fragte ich. »Dafür muss man ja nicht gleich aus dem Krankenhaus fliehen.«

Annette lachte. »Ja«, sagte sie, »hätte ich bestimmt. Aber das hätte wesentlich weniger Spaß gemacht. Ich wollte verschwinden, bevor irgendwer von der Krankheit Wind bekommt. Und außerdem ...«, sie schüttelte leicht den Kopf, »wenn man den Tod vor der Nase hat, klammert man sich nicht an so lange Worte wie ›vorzeitige Entlassung‹. Eher an kürzere Dinge. Wie Flucht.«

Ich wusste nicht, was ich sagen sollte. Aber dass Annette bloß EIN Geheimnis hatte, war wohl das Understatement des Jahres.

»Wenn ich ganz ehrlich bin, hätte ich nicht gedacht, dass ich so weit komme«, sagte Annette, »aber es war viel einfacher, als ich dachte. Ich musste nur ein paar Leute schmieren.«

»Frau Lingenfeld zum Beispiel«, sagte ich.

Annette nickte. »Und dich hätte ich fast auch gekauft«, sagte sie, »bei unserem ersten Treffen. Ich hatte einen Umschlag mit zehntausend Euro in bar dabei. Ich dachte, du bist mir auf die Schliche gekommen.«

Ich lachte. »Nein, Klaus hat dichtgehalten«, sagte ich.

Annette grunzte. »Ja, auf den ist Verlass. Aber die Lingenfeld wäre bestimmt unter dem öffentlichen Druck eingeknickt.«

»Darum musstest du so schnell wie möglich weiter. Zum Beispiel in die Schweiz«, sagte ich, »und ich war dein Fluchthelfer, ohne es zu wissen.«

Annette nickte. »Aber wenn ich ehrlich bin«, sagte sie, »habe ich das mit der Schweiz eher improvisiert. Ich war darauf vorbereitet, gefunden zu werden. Aber als du dann von deinem Volontariat erzählt hast und dass du eine Story brauchst, das war einfach eine Gelegenheit, die ich nicht ausschlagen konnte. Ich hatte etwas, das du brauchtest, oder konnte zumindest so tun. Und damit hatte ich dich in der Hand.«

»Bist du sicher, dass du eine Geschäftsfrau bist und nicht einfach eine sehr gute Erpresserin?«

Annette lachte. »Vielleicht liegt das beides sehr nah beieinander.«

Ihr Husten kam zurück. Jetzt, wo ich wusste, wie zerfressen ihre Lunge tatsächlich war, klang das Husten noch schmerzhafter.

»Aber woher wusstest du überhaupt, dass bald öffentlich nach dir gefahndet würde?«

Sie kaute wieder auf ihrer Lippe. »Das war nur eine Vermutung«, sagte sie, »ich wusste, dass sie nicht öffentlich nach mir suchen konnten, weil die Firma dann sehr schlecht dastehen würde. Welcher Aktionär will seine Investments bei einer Firma behalten, deren Vorsitzende plötzlich verschwunden ist, ohne dass die Nachfolge geregelt ist? Ich wusste, dass erst die internen Machtkämpfe geklärt werden mussten. Als dann die Nachricht kam, dass Krone einen neuen Vorstand gewählt hat und ich ›offiziell‹ in den Ruhestand gegangen war, wusste ich, es war alles geregelt und bald würde man öffentlich nach mir suchen.«

»Offiziell heißt es, dass man erst dachte, es handelt sich um eine Entführung ...«

Annette schüttelte den Kopf. »Das glaube ich nicht«, sagte sie, »das ist nur eine Ausrede. Es ging ums Geschäft.«

Wir schwiegen ein wenig.

»Hat es denn geholfen?«, fragte ich schließlich, »ein paar Tage unterzutauchen?«

Annette überlegte kurz.

»Ich bereue den Ausflug nicht«, sagte sie, »und ich bereue auch nicht, erwischt worden zu sein. Es war schon alles okay so, wie es gekommen ist. Sonst wäre ich vermutlich in der Schweiz gestorben, und die Genugtuung will ich Thomas nicht geben.«

Sie sah aus dem Fenster und blinzelte traurig.

»Aber wirklich geholfen?«, sagte sie. »Ich weiß es nicht ... Ich weiß auch gar nicht, was ich überhaupt wollte. Außer raus aus dem Krankenhaus.«

Sie schnaubte und dachte nach.

»Du kannst über mich schreiben, was du magst«, sagte sie, »aber mach bitte keine Frau-die-ihre-Familie-für-die-Karriere-opfert-und-es-bereut-Geschichte draus. Ich bereue nicht, Karriere gemacht zu haben. Ich hätte es nur nicht auf der Jagd nach einem Punkt tun sollen, den es nicht gibt. Ich glaube, darum wollte ich auch noch mal abtauchen. Ich wollte den Punkt finden, den ich die ganze Zeit versucht habe zu erreichen, aber den gibt es nicht. Ich habe immer nach ›mehr‹ gestrebt und dabei nicht gemerkt, dass es das Mehr nicht gibt, sondern dass das Streben danach bereits alles ist, was ich bekomme. Und das ist in Ordnung. Es gibt keinen Gipfel, den man erreichen kann, es gibt nur den Aufstieg. Es gibt keinen … Abschluss. Ich hab zumindest keinen gefunden.« Ich sah bedrückt zu Boden.

»Aber«, sagte Annette, »die letzten paar Tage haben mir sehr viel Spaß gemacht.« Sie grinste. »Ich hab schon lange keine Bar mehr verwüstet.«

Bei dem Gedanken an Johannes' pikiertes Gesicht musste ich lachen. Annette fiel mit ein und lachte ebenfalls herzhaft. In dem Moment stand eine Krankenschwester in der Tür. »Frau Kokkinos, Sie scheinen wirklich sehr beliebt zu sein«, sagte sie, »es wartet noch eine Besucherin.«

Annette sah sie verwirrt an. Da tauchte hinter der Schwester eine Frau auf. Sie hatte lockiges blondes Haar und war ungefähr so alt wie mein Vater.

»Jana?«, rief Annette. Die Frau lächelte.

»Hallo, Mama!«

Ich versprach Annette, noch öfter zu Besuch zu kommen, und ließ die beiden dann allein. Ich war mir sicher, sie hatten sich einiges zu sagen.

19

Der Kaffeeautomat in der Lokalredaktion lief auf Hochtouren. Gäbe es einen Mitarbeiter des Monats, er hätte sich diesen Titel eindeutig verdient. Ich war seit Tagen nicht mehr da gewesen und wusste nicht genau, wie ich Walter begrüßen sollte. Er war vertieft in seinen Rechner und sah mich nicht hereinkommen. Ich entschied mich, die Begrüßung einfach zu überspringen, und setzte mich an meinen Platz. Die Tür zu Annemaries Büro stand offen, aber Annemarie war nicht da. Wahrscheinlich war sie gerade bei einem Termin. Ich öffnete meinen Rechner und wusste nicht so recht, was ich zu tun hatte, außer auf meine Kündigung zu warten. Jetzt endlich entdeckte mich Walter.

»Timur«, sagte er, »schön, dass du wieder reinschaust. Ich hab gehört, du bist für ein Interview bis in die Schweiz gefahren?«

Ich lächelte verlegen.

»Ja ... die Recherche ist ein bisschen aus dem Ruder gelaufen.«

Walter winkte ab.

»Ach«, meinte er, »man muss als Journalist nah am Menschen sein. Und wenn der Mensch halt in der Schweiz ist ... ja, dann muss man eben in die Schweiz. Das ist Einsatz.«

»Ich hoffe, Annemarie sieht das auch so ...«

Walter nahm seine Brille ab, um sie zu putzen

»Das war doch die Geschichte mit dem Dosenöffner, oder?«

»Ja, genau.«

»Und?«, fragte Walter und setzte sich seine Brille wieder auf, ohne dass sie merklich sauberer war. »Hat die alte Frau wirklich den Dosenöffner erfunden?«

»Ja«, sagte ich, »aber es hat sich rausgestellt, dass sie nicht einfach nur eine Frau aus unserem Dorf ist, sondern die Vorsitzende der Firma Krone, Alexandra Kokkinos.«

Walter sah mich durch seine verschmierten Brillengläser verwirrt an.

»Warum kann Alexandra Kokkinos nicht auch eine Frau aus unserem Dorf sein?«

Darauf wusste ich nichts zu erwidern. Walter hustete ein trockenes Lachen.

»Jeder Mensch hat eine spannende Geschichte, wenn man sie ernst nimmt«, sagte er, »ganz egal, wie groß oder klein es auf den ersten Blick wirkt. Kann sein, dass die Kokkinos einen großen Konzern führt. Aber ich persönlich würde viel lieber mehr über den kleinen Dosenöffner erfahren.«

Das gab mir zu denken. Irgendwo hatte Walter ja recht. Ich war schließlich nicht für die große Alexandra Kokkinos in die Schweiz gefahren, sondern für die kleine Annette Wagner. In dem Moment kam Annemarie herein.

»Timur!«, rief sie. »Da bist du ja. Kommst du bitte kurz in mein Büro?«

Walter schenkte mir ein Nicken, das ich nicht ganz deuten konnte, und wandte sich wieder seinem Rechner zu. Ich folgte Annemarie in den kleinen Raum und schloss die Tür hinter uns.

Annemaries Büro war so klein, dass es bereits mit den einzigen vier Möbelstücken, einem Schreibtisch und drei kleinen Stühlen komplett überfordert war. In so einem kleinen Raum war es unmöglich, Ordnung zu halten, weil alles immer im Weg stand, egal wo man es hinstellte. Entsprechend chaotisch sah es auf Annemaries Schreibtisch aus. Mappen, Bücher, Zettel lagen zwar geordnet darauf, dennoch wirkte alles unruhig.

Annemarie setzte sich und holte aus einem der Schreibtischfächer eine kleine Box hervor, die mit noch kleineren Kärtchen gefüllt war. In unregelmäßigen Abständen stachen Trennwände mit Buchstaben aus der Box, die Karten waren alphabetisch sortiert.

»Visitenkarten«, erklärte Annemarie und steckte ihren Finger als improvisiertes Lesezeichen ins Fach für alle Karten mit D.

»Ich nehme von jedem Termin, bei dem ich war, eine Visitenkarte mit. Falls der Mensch, mit dem ich gesprochen habe, keine hat, schreibe ich ihm selbst eine.«

Mit ihrer anderen Hand holte sie eine neue Visitenkarte aus ihrer Tasche.

»Die ist von Doloris Hakner, ihr gehört der Pferdehof, auf dem ich gerade für eine Geschichte war.«

Sie steckte die Visitenkarte von Doloris ins Fach D. Die kleine Kiste quoll über mit den Karten. Jede Karte ein Mensch mit einer Geschichte, dachte ich.

Sie packte alles wieder in die Schreibtischschublade. »Ist eine Art Andenken an die Geschichten, aber auch ganz nützlich«, sagte sie. Falls ich bei einer anderen Geschichte mal jemanden brauche, der sich mit Pferden auskennt, kann ich Doloris anrufen.«

Sie legte ihre Hände auf den Schreibtisch und lehnte sich vor.

»Aber genug davon jetzt. Schön, dass du wieder da bist!«

Ich räusperte mich verlegen.

»Tut mir leid, dass ich die letzten Tage einfach nicht da war. Das ist alles ein bisschen ... aus dem Ruder gelaufen.«

»Schon okay«, sagte Annemarie, »ich bin gespannt auf den Artikel.«

Sie lehnte sich wieder zurück.

»Ich weiß, dass du dich dieses Jahr wieder für das

Volontariat beworben hast«, sagte sie, »die Personalleitung von der Stadtredaktion hat bei mir angerufen und gefragt, wie ich dich bewerten würde.«

Sie musterte mich.

»Ich hab gesagt, dass du gut schreiben kannst und bestimmt mal ein toller Journalist wirst, aber ich glaube, deine Chancen stehen nicht gut. Es hieß, irgendein Benjamin hat sich explizit gegen dich ausgesprochen.«

Ich rollte mit den Augen. Was für ein Arschloch, dachte ich.

»Timur«, sagte Annemarie, »ich würde dir gerne eine Festanstellung hier in der Lokalredaktion anbieten. Das heißt, du sollst nicht mehr nur als freier Autor halbtags hier aushelfen, sondern eine vollwertige Redakteursstelle übernehmen.«

Das kam unerwartet. Keine Kündigung, sondern eine Beförderung? Ich war mir zwar nicht sicher, ob ich diese Beförderung eigentlich wollte, aber trotzdem. Ich atmete erleichtert aus.

Annemarie sprach weiter:

»Wir haben gerne jemand Jungen hier, und was ich der Personalleitung gesagt habe, stimmt. Ich glaube wirklich, aus dir wird mal ein guter Journalist. Aber du musst anfangen, die Arbeit ernst zu nehmen! Ich hoffe, die Festanstellung hilft dir, dich zu committen.«

Sie fuhr sich durch die Haare.

»Ich meine damit nicht, dass du für den Rest deines

Lebens in der Lokalredaktion arbeiten sollst«, sagte sie, »aber du musst es eben ernst nehmen. Und kannst nicht mehr zwei Tage einfach so verschwinden, ohne es vorher abzusprechen.«

Ich nickte.

»Okay«, sagte sie, »dann denk über das Angebot nach.«

Eine Woche später hielt mir Walter die Zeitungsausgabe von heute hin.

»Ist spitze geworden!«, sagte er.

Ich griff mir die Zeitung und setzte mich an meinen Platz. Mein Artikel über den Dosenöffner und seiner Erfinderin Alexandra Kokkinos war der Aufmacher des Lokalteils geworden. Ich hatte die letzten Tage damit verbracht, ihre Geschichte zu überprüfen, und hatte alles über weitere Quellen bestätigen können. Stolz legte ich die Zeitung beiseite.

»Du musst dir deine Lieblingsartikel ausschneiden und aufbewahren«, meinte Walter, »ich mach das mit den meisten meiner Artikel. Als eine Art Andenken. Und die Kontaktdaten der Personen schreibe ich auf ein Post-it, das ich dann dazuklebe.«

»Annemarie sammelt die Visitenkarten der Personen«, sagte ich.

Walter kicherte, dabei rutschte ihm seine dicke Brille fast von der Nase. »Ist auch wichtig«, sagte er, »ich hab das Gefühl, diese kleinen Verbindungen mit anderen Menschen geben mir mehr Sinn und Bedeutung im Leben als jede Kirche der Welt.«

Er schob seine verschmierte Brille wieder zurecht.

»Apropos«, fügte er hinzu, »warst du beim Priester?«

»Jap«, sagte ich. Ich hatte für einen Artikel über die Restaurierung der Kirche mit dem örtlichen Priester gesprochen.

»Der hat mir erzählt, dass seine Mutter damals Nonne war, dann aber mit einem der Gärtner des Klosters durchgebrannt ist, total verrückt.«

Walter lachte und schüttelte den Kopf.

»Diese kleinen zwischenmenschlichen Momente sind's echt …«, sagte er leise. Ich legte meine Kamera ab und startete meinen Rechner. Walter stand auf, um neuen Kaffee zu machen. »Willst du auch?«, fragte er. Ich nahm dankend an und checkte mein Handy, solange der Rechner hochfuhr.

Alexandra, die ich mittlerweile tatsächlich Alexandra und nicht mehr Annette nannte, hatte mir ein Selfie mit ihrer Tochter geschickt. Sie saßen vor einem Kamin. Annette hatte eine Decke bis zum Kinn gezogen und sah noch blasser aus als sonst. Ich schrieb: »Bis heute Abend!« Mein Vater und ich hatten uns für heute Abend zum Besuch angemeldet, und ich freute mich darauf, die beiden einander vorzustellen. Annette antwortete mit zwei Daumen-hoch-Emojis.

Ich faltete den Artikel vorsichtig und steckte ihn

in meine Tasche, damit ich nicht vergaß, ihn heute Abend mitzunehmen.

Neben den beiden Daumen von Annette hatte ich außerdem eine Nachricht von Flo. Ein Link zu einer Wohnungsanzeige. In Steinfeld, vier Zimmer, WG-geeignet. Ich hatte noch nicht entschieden, ob ich die Festanstellung bei der Lokalzeitung wirklich annehmen wollte. Dass ich das Volontariat in der Stadtredaktion nicht mehr bekam, war aber mittlerweile sicher. Das hatte laut Annemarie Benjamin gekriegt. Ich wusste gar nicht, dass er sich darauf beworben hatte. Wahrscheinlich als Plan B. Für ihn fühlte es sich bestimmt auch als »Schritt zurück« an, dachte ich. Was auch immer für ihn »vorne« lag. Flo schrieb: »Vier Zimmer sind ein bisschen viel, aber Özlem kommt bald wieder. Diesmal wirklich. Hat sich jetzt endlich ein Rückflugticket gekauft. Also vielleicht Dreier-WG?«

Walter stellte mir eine große Tasse Kaffee hin. »Vergiss nicht, dich bei der VG Wort anzumelden«, sagte er, »das hättest du längst tun sollen. Die geben dir Geld für jeden Artikel, der veröffentlicht wird. Das ist wie die GEMA. Nur für Text.« Dann watschelte er zurück an seinen Rechner.

Ich musste lächeln. In der letzten Woche hatte ich von diesem Mann mit den dreckigen Brillengläsern mehr über Journalismus und alles drum herum gelernt als das ganze letzte Jahr. Und von Annemarie auch. War das, weil sie mir wegen der möglichen Festanstellung jetzt viel mehr erklärten, oder hatten sie mir schon immer so viel erklärt und ich hörte erst seit einer Woche zu? Ich wollte auf keinen Fall für immer in der Lokalredaktion bleiben. Meine Ambitionen waren nicht weg. Aber der Druck, der von ihnen ausging, war verschwunden. Ob ich jetzt noch ein oder zwei Jahre hier arbeitete, war mir plötzlich egal. Karriere war schließlich kein Bus, der irgendwo hinfuhr und den man verpassen konnte.

Ich nahm wieder das Handy in die Hand und schrieb Flo: »Bin mir nicht sicher, aber können ja mal zur Besichtigung hin. Schadet ja nicht.« Auch er schickte mir einen Daumen nach oben, sodass ich mittlerweile eine kleine Sammlung davon in meinem Handy hatte.

Ich wechselte zum Rechner, der endlich hochgefahren war, und fing an, meine Notizen und die Zitate des Priesters von meinem Block in den Computer zu übertragen. Schade eigentlich, dass ich nur die paar wenigen Aussagen nutzen konnte, die zum Artikel über die restaurierte Kirche passten. Der Priester hatte so viel mehr Interessantes über sich selbst erzählt. Mir kam eine Idee.

»Du, Walter«, sagte ich, »wäre der Priester nicht was für die Rubrik *Unser Dorf – unsere Einwohner*?«

Walter nickte begeistert. »Sehr gute Idee!«

Ich stand auf und griff mir wieder meine Kamera.

»Dann interviewe ich den direkt noch mal ausführlicher!«

Annemarie stand im Türrahmen zu ihrem Büro und grinste.

»Aber wenn du dafür wieder in die Schweiz fahren musst, sag bitte vorher vernünftig Bescheid!«

Ich lachte. In der Tür blieb ich kurz stehen.

»Wie viele Zeilen haben wir für die Rubrik noch mal immer?«

Walter schmatzte. »Hm«, sagte er, »so siebzig.«

Siebzig Zeilen? Da würde ich mich aber ganz schön kurzfassen müssen …

Die Erfindung des Dosenöffners

Aus: »Westfälischer Anzeiger« Ausgabe vom 13.11.2017

Alexandra Kokkinos (73) ist vor allem als langjährige Vorstandschefin der Firma KRONE bekannt. Dass sie vor wenigen Tagen plötzlich verschwunden und ebenso plötzlich wieder aufgetaucht ist, hat ganz Deutschland mitbekommen. Aber dass sie außerdem den modernen Dosenöffner erfunden hat, wissen nur die wenigsten über sie ...

Von Timur Aslan

»Es hat angefangen mit Napoleon«, erzählt Alexandra Kokkinos und meint damit die wenig bekannte Geschichte des Dosenöffners. Denn die beginnt, wie nicht anders zu erwarten, mit der Erfindung der Dose.

»Napoleon hat damals ein Preisgeld ausgesetzt für denjenigen, der Essen haltbar und transportierbar machen kann, woraufhin die Dose erfunden wurde. Der Erfinder bekam das Preisgeld, und die Sache war erledigt.«

Wie man die Dose aber am besten aufbekommt, daran dachte lange Zeit keiner. »Gab ja schließlich auch kein Preisgeld dafür«, scherzt Alexandra Kokkinos.

Tatsächlich kam die erste Konservendose bereits 1810 in Umlauf, während der erste Dosenöffner 1855, also erst 45 Jahre danach, erfunden wurde. Dieser allererste Öffner stammt allerdings nicht von Alexandra Kokkinos.

»Ich bin eine alte Frau im Körper einer noch älteren Frau. Aber SO alt bin ich dann auch wieder nicht!«, sagt sie dazu und lacht.

Ihren Humor hat sie nicht verloren. Dabei ist ihr in letzter Zeit wenig Lustiges passiert. Erst vor wenigen Wochen wurde bei Alexandra Kokkinos Lungenkrebs diagnostiziert. Sie musste kurz darauf den Firmenvorstand abgeben, den sie seit über zehn Jahren innehatte.

»Es war schon viel zu spät für Chemo oder irgendwas. Stattdessen bekam ich einfach Schmerztabletten und musste plötzlich unfassbar viele Dinge klären. Die Erbschaft, die Firmenangelegenheiten, tausend bürokratische Sachen, es war absurd«, sagt sie. »Es fühlte sich so an, als müsste ich noch meine eigene Beerdigung organisieren. Aber ich war nicht bereit zu sterben ...«

Um der Situation zu entkommen, trifft sie eine folgenschwere Entscheidung. »Ich habe einfach meine Koffer gepackt und bin getürmt.«

Mit ihrem plötzlichen Verschwinden war Alexandra Kokkinos bundesweit in den Schlagzeilen. Aufgetaucht ist sie wenige Tage später in der Schweiz, der Heimat ihres verstorbenen Ex-Mannes Thomas Thielemann.

»Ich bereue den Ausflug nicht«, sagt sie, »und ich bereue es auch nicht, erwischt worden zu sein. Es war schon alles in Ordnung so, wie es gekommen ist. Sonst wäre ich vermutlich in der Schweiz gestorben, und die Genugtuung gönne ich Thomas nicht.«

Thomas Thielemann war nicht nur ihr Ex-Mann, sondern auch Mitbegründer der Schweizer Firma ThoWil, die angibt, den Randschneider, eine moderne und geläufige Form des Dosenöffners, erfunden zu haben. Zu Unrecht.

1963 arbeitete Thomas Thielemann als Verkäufer für die Firma KRONE, ebenjene Firma, die Alexandra Kokkinos gut zwei Jahrzehnte später leiten sollte. »Thomas brachte mir eines seiner Küchensets mit, die er vertrat, und ich sah mir die Produkte an«, erzählt Alexandra Kokkinos. »Die einzelnen Geräte waren absoluter Schrott. Am schlimmsten war der Dosenöffner.« Denn beim Öffnen sei immer der Deckel in die Dose gefallen. »Man musste ihn rauspulen, aber das Ding ist sauscharf!«, schimpft sie, als hätte sie sich gerade erst geschnitten. Alexandra Kokkinos' Lösung? Ein Dosenöffner, der die Dose außen und nicht innen schneidet – der Randschneider. Kokkinos erklärt ihre Erfindung so: »Der Randschneider köpft einfach die ganze Dose. Dann fällt nichts rein, und es gibt keine scharfen Kanten. Man kann einfach das ganze obere Stück Dose wegnehmen.«

Gemeinsam mit ihrem Mann stellt sie die Idee einem Führungsmitglied von KRONE vor. Der ist begeistert. So sehr, dass er erst versucht, sie zu klauen, und dann Thomas Thielemann vorschlägt, gemeinsam in der Schweiz eine neue Firma zu gründen, um den Dosenöffner zu verkaufen: die ThoWil, die bis heute angibt, den Randschneider erfunden zu haben. Alexandra Kokkinos bleibt mit der gemeinsamen Tochter in Deutschland zurück. Doch das Patent gehört nicht

nur ihrem Mann Thomas, sondern auch ihr. Sie stellt daraufhin den Dosenöffner erneut der Firma KRONE vor und wird sofort eingestellt.
Die nächsten Jahre arbeitet sie sich innerhalb der Firma hoch, bis in den Vorstand. Eine ungeheure Leistung. »Es war wirklich nicht einfach«, sagt Alexandra Kokkinos, »ich war die beste Geschäftsfrau, die die Firma je hatte, aber ich war eben auch eine Frau. Und das machte alles wesentlich schwerer.« Erst seit 1958 dürfen Frauen in der BRD ihr eigenes Bankkonto eröffnen, und noch bis 1977 durfte eine Frau in Westdeutschland nur dann berufstätig sein, wenn das »mit ihren Pflichten in Ehe und Familie vereinbar« war. Als geschiedene Frau hatte Alexandra Kokkinos also gleich an mehreren Fronten für ihre Karriere zu kämpfen. »Wäre ich ein Mann gewesen, wäre das mit der Karriere schneller gegangen«, sagt sie dazu.
Dass die ThoWil, die Firma ihres Ex-Mannes, mit ihrer Erfindung hausieren geht, stört sie nicht.
»Mittlerweile gibt es Hunderte Patente auf den Randschneider«, sagt sie, »im Endeffekt war es also komplett belanglos, wer den ersten Randschneider erfunden hat, verkaufen dürfen ihn alle.«
Ihren wohlverdienten Ruhestand verbringt Alexandra Kokkinos nun bei ihrer Tochter. »Es ist schön, nicht alleine zu sein«, sagt die 73-Jährige, »und wer weiß, wenn meine Gesundheit es zulässt, erfinde ich hier vielleicht noch eine bessere Version des Kartoffelschälers. Den fand ich auch schon immer sehr umständlich.«

Der Autor

Tarkan Bagci (*1995) ist Comedy-Autor, Podcaster und Journalist. Er hat bereits für zahlreiche Fernsehformate geschrieben, darunter preisgekrönte Sendungen wie das Neo Magazin Royale (ZDF), Kroymann (WDR), Lass dich überwachen (ZDF) und Knallerfrauen (Sat.1). Sein Impro-Comedy-Podcast »Gefühlte Fakten« ist konstant in der Spitze der deutschen Podcast-Charts vertreten.

Twitter: @TarkanBagci
Instagram: @tarkanbagci